Dans la collection
« Bel Oranger »
DIRIGÉE PAR ANDRÉ BAY

José Mauro de VASCONCELOS : *Mon bel oranger.*
José Mauro de VASCONCELOS : *Allons réveiller le soleil.*
José Mauro de VASCONCELOS : *Rosinha mon canoë.*
Li XINTIAN : *Enfant de l'hiver.*
James ALDRIDGE : *Le Merveilleux Cheval mongol.*
Robert WESTALL : *Chassy s'en va t'en guerre.*
Harry MARTINSON : *Les orties fleurissent.*
Roald DAHL : *Danny, le champion du monde.*
Gerald DURRELL : *Féeries dans l'île.*
Forrest CARTER : *Petit Arbre.*
Isaac Bashevis SINGER : *Un jour de plaisir.*
P.-C. JERSILD : *L'Ile des enfants.*
Michael ENDE : *Momo.*
Mark TWAIN : *Les aventures d'Huckleberry Finn.*
John FITZGERALD : *Grosse Tête.*
Frankcina GLASS : *J' m'appelle Tigre.*
Irene HUNT : *William.*

LE POIGNARD D'ARGENT

Ian Serraillier

Le poignard d'argent

Roman

TRADUIT DE L'ANGLAIS
PAR
ANNE RABINOVITCH

Stock

Titre original :

THE SILVER SWORD
(Jonathan Cape, Londres)

Tous droits réservés pour tous pays.

© 1956, 1957, 1958, 1960, 1961, 1962, 1965, 1967, 1969
1972, 1973, 1975, Jonathan Cape.

© 1982, Éditions Stock pour la présente traduction.

A Helen.

« Je ne parle pas du chagrin éternel, mais de la permanence de l'espoir. Le mouvement des eaux donne une nouvelle vie à la terre. C'est le printemps. »

Michael TIPPETT.
(A Child of Our Time.)

NOTE

Certains endroits ont des noms imaginaires — il s'agit des villages de Boding et de Kolina, de la rivière Falken, de la ville de Falkenburg et du camp de Zakyna. Tous les autres noms existent et on peut les trouver sur une carte d'Europe. La description de l'Armée rouge en marche est fondée sur les récits de témoins oculaires publiés par J. Stransky dans *East Wind over Prague.*

1

L'évasion

Voici l'histoire d'une famille polonaise et de ses aventures pendant la Seconde Guerre mondiale et tout de suite après. Ils habitaient dans un faubourg de Varsovie où le père, Joseph Balicki, dirigeait une école primaire. Sa femme, d'origine suisse, s'appelait Margrit, et ils avaient trois enfants, Ruth, l'aînée, âgée de treize ans, Edek, âgé de onze ans, et Bronia, qui avait seulement trois ans. Au début de 1940, les nazis jetèrent Joseph en prison.

La terreur régnait alors à Varsovie et, privés de la protection de leur père, les Balicki vécurent des heures très sombres. Pourtant l'avenir leur réservait un sort bien pire. Ils durent affronter des difficultés et surmonter des épreuves qui les obligèrent à réfléchir et à se comporter comme des adultes, et non plus comme des enfants. Ruth fut contrainte d'assumer de lourdes responsabilités. Beaucoup d'autres jeunes filles connurent les mêmes situations qu'elle. Mais à ma connaissance aucune n'a fait preuve d'un aussi grand courage, d'une telle générosité et d'un bon sens aussi exceptionnel !

Je vais d'abord parler de Joseph Balicki et raconter ce qui lui est arrivé au camp de prisonniers de Zakyna.

Ce camp, où l'avaient envoyé les nazis, se trouvait dans les montagnes au sud de la Pologne. Quelques baraques en bois s'accrochaient au flanc de la pente dénudée, balayée jour et nuit par le vent car les pins étaient clairsemés et ne formaient pas un écran suffisant. Pendant cinq mois de l'année la neige recouvrait le sol et les baraques ; elle se déposait tel un duvet blanc sur la double clôture de quatre mètres de haut qui enfermait la clairière. Par mauvais temps les tourbillons de neige s'engouffraient à l'intérieur par les fissures des murs. La vie à Zakyna était très dure.

Le camp était surpeuplé. La plupart des prisonniers étaient polonais, mais il y avait des Tchèques, des Hongrois, et aussi quelques Russes. Dans chaque baraque s'entassaient cent vingt hommes — et il y avait à peine assez de place pour quarante. Ils passaient leur temps à jouer aux cartes, à coudre, à lire, à se battre pour des vieux journaux ou des mégots, à se disputer et à crier. Aux heures des repas ils se serraient autour des tables à tréteaux pour manger une soupe à base de choux et de patates. Le menu ne variait pas. Ils n'étaient jamais rassasiés, même en avalant des litres de soupe. Comme boisson on leur donnait de l'eau chaude avec des miettes de pain — les gardes appelaient ça du café. Deux fois par semaine ils avaient droit à un petit morceau de beurre, et le samedi à une cuillerée de confiture. En quoi cela pouvait-il les aider à lutter contre le froid ?

Peu avaient la force ou le courage de s'évader. Plusieurs prisonniers s'étaient enfuis — quelques-uns avaient même atteint la plaine. Ceux qui ne furent pas pris et renvoyés au camp moururent de froid dans les montagnes.

Mais Joseph était décidé à s'échapper. Pendant le premier hiver, il se sentit trop malade et découragé pour faire une tentative. Il restait assis dans le baraquement et pensait à sa famille en regardant les quelques photos abîmées qu'on l'avait autorisé à garder. Il songeait à son école à Varsovie et se demandait ce qu'elle était devenue. Quand les nazis étaient arrivés, ils ne l'avaient pas fermée. Mais ils avaient emporté les manuels polonais et l'avaient obligé à enseigner en allemand. Ils avaient suspendu des portraits de Hitler dans toutes les salles de classe. Un jour, pendant un cours d'histoire sainte, Joseph avait retourné la photo de Hitler contre le mur. Quelqu'un l'avait dénoncé. Alors les S.S. étaient venus l'arrêter en pleine nuit et l'avaient expédié à Zakyna. Margrit et les trois enfants étaient restés seuls. Comme il avait hâte de les revoir !

Pendant l'été sa santé se rétablit, mais le nombre des gardes doubla. Avec cinq autres prisonniers il essaya de s'évader, mais leur tentative échoua. Il fut condamné à un mois de cachot.

L'hiver suivant il retomba malade, mais n'oublia pas son projet d'évasion. Il décida d'attendre le début du printemps, quand la neige commence à fondre et que les nuits sont moins froides.

Il organisa minutieusement sa fuite.

Il était inutile de songer à couper les fils de fer de la double clôture : il y avait à l'intérieur un fil relié au poste de garde et s'il le touchait cela déclencherait une sonnerie d'alarme. Toute personne cherchant à franchir la barrière était abattue. Il lui restait une seule issue : sortir par le portail qu'empruntaient les gardes, puis passer devant leur poste. Joseph imagina de se déguiser en garde et de suivre les hommes à l'heure où ils quittaient leur service. Mais comment mettre la main sur un uniforme ?

Il y avait derrière chaque bâtiment une baraque de planches disjointes, non chauffée, qu'on appelait la « glacière ». Elle comprenait trois ou quatre cellules où on envoyait les prisonniers indisciplinés « se rafraîchir ». Il suffisait pour cela d'arriver en retard à l'appel ou de se montrer insolent avec un garde. L'été c'était un endroit très populaire parce que très calme. Mais l'hiver on risquait d'y mourir de froid. Au printemps, avec un peu de chance, le prisonnier survivait au gel une nuit ou deux.

Un matin de mars, pendant l'inspection du baraquement, Joseph lança une boulette de papier sur le garde. Elle l'atteignit derrière l'oreille et le fit se retourner. La seconde vint s'écraser sur son nez. Il n'en fallait pas plus. Cinq minutes plus tard Joseph se retrouvait dans une cellule de la « glacière ».

Pendant deux jours il fit les cent pas pour se réchauffer, ouvrant et refermant les bras pour ne pas s'ankyloser. Il n'osait pas s'étendre plus de quelques instants de peur de s'endormir et de ne jamais se réveiller. Deux fois par jour un garde lui apportait de la nourriture. Le reste du temps il était seul.

Le soir du troisième jour le garde vint comme d'habitude. Quand Joseph entendit le bruit de ses pas assourdi par la neige, il s'accroupit sur le sol au fond de sa minuscule cellule. Il tenait une pierre ronde et lisse et une fronde, qu'il avait fabriquée avec des brindilles de pin et des morceaux de tissu élastique découpés dans ses bottes. Il avait les yeux fixés sur le battant de la porte. Dans un instant le garde allait la déverrouiller, jeter un coup d'œil à l'intérieur et lui tendre sa nourriture.

Joseph attendit, ramassé sur lui-même. Il entendit la clé tourner dans la serrure rouillée de la porte de la « glacière », qui s'ouvrit en grinçant sur ses gonds. Il y eut le craquement d'une allumette — le garde allumait la lampe. Ses lourdes bottes s'approchèrent de la cellule.

Joseph retira l'élastique. Il entendit le verrou s'ouvrir. La porte glissa sur le côté.

Le garde ne l'avait pas vu quand la pierre vint le frapper au milieu du front et l'assomma. Il fit trembler le sol en s'écroulant. Puis il roula sur le côté avec un grognement.

Joseph devait agir vite, avant que l'homme ne revînt à lui. Il savait que le garde mettait son trousseau de clés dans la poche de sa pèlerine. Il lui fallait ces clés tout de suite. Pour les attraper, il devait arriver à le soulever.

Il prit sous son lit une corde et un crochet. Il avait confectionné la corde en découpant de fines bandes dans sa couverture et en les tressant. Le crochet était un clou recourbé de dix centimètres qu'il avait subtilisé dans son baraquement.

Après plusieurs tentatives, il réussit à accrocher le bouton le plus haut de la pèlerine du garde. Il tira sur la corde et souleva l'homme qui grognait encore... de plus en plus haut.

Brusquement la corde cassa. Le garde tomba en arrière, et sa tête cogna très fort contre le sol. Le crochet était perdu.

Joseph avait encore un crochet, mais c'était tout.

Il fit un second essai. Cette fois-ci le coton se déchira et le bouton alla rouler par terre.

Il essaya avec le bouton d'en dessous. Le tissu ne résista pas.

Il commençait à désespérer lorsqu'il vit les clés sur le sol. Elles étaient sorties de la poche du garde au moment de sa chute.

Joseph se dépêcha de relancer son crochet pour attraper le trousseau de clés. Quelques instants plus tard il s'agenouilla près de l'homme évanoui pour lui arracher son uniforme. Il n'avait pas une minute à perdre. Les gardes avaient déjà commencé à enfermer les prisonniers et il les entendait crier après eux dehors.

Joseph avait bien chaud dans l'uniforme du garde. La pèlerine descendait jusqu'à ses chevilles. La toque de fourrure avait des oreillettes. Il sourit intérieurement en enfermant le garde dans la cellule glaciale. Puis, relevant son col pour se protéger le visage, il sortit dans la nuit et le froid.

Il marcha dans la neige en direction du bâtiment E, où se trouvaient les prisonniers hongrois et roumains. Il se cacha dans l'ombre derrière les baraquements, attendant que le clairon sonnât la relève de la garde.

Des centaines de fois il avait regardé les soldats de la garde se mettre en rangs et sortir du camp. Il avait enregistré chaque ordre, chaque geste. Il lui parut maintenant tout naturel de s'aligner avec les autres.

— Rien à signaler ? demandait l'officier à chacun d'entre eux.

— Rien, mon commandant, répondaient-ils.

— Rien, mon commandant, dit Joseph dans son meilleur allemand.

— Gardes, rompez les rangs, dit l'officier.

Joseph resta en arrière et suivit les

autres soldats ; il sortit par le grand portail hérissé de pointes et partit vers la liberté. Cela semblait trop beau pour être vrai.

Quelques soldats s'arrêtèrent devant le poste de garde pour bavarder. Certains entrèrent. Joseph continua tout droit, détournant le visage quand il passa devant les fenêtres allumées.

— Où vas-tu ? appela un soldat.
— Shangri La, marmonna-t-il.

C'était le nom que donnaient les soldats au bistrot du village où ils passaient quelquefois leurs heures de liberté.

Il poursuivit sa marche sans se retourner.

2

Voyage dans les airs

Le village de Zakyna se trouvait à deux kilomètres du camp. Ses petites maisons de bois se serraient contre le flanc escarpé de la montagne. Il n'y avait pas de lune, mais Joseph voyait des lumières aux fenêtres.

Il traversa le village sans s'arrêter.

Brusquement une voix rude l'apostropha en allemand :

— Karl, donne-moi les cigarettes.

Il n'y fit pas attention et continua de marcher.

— Karl, les cigarettes ! cria l'homme d'un ton menaçant.

Joseph pressa le pas.

On courait après lui.

Il se retourna pour regarder. Un soldat ivre le poursuivait en titubant.

Joseph se mit à courir. Le soldat l'imita, lâchant des jurons chaque fois qu'il trébuchait.

Juste au-dessous des dernières maisons, la route s'écartait du bord de l'abîme en faisant un virage. Une voiture postale était à l'arrêt. Ses phares étaient allumés et son moteur tournait. Il y avait un tas de bagages sur la route, et un groupe de gens en colère rassemblé autour.

— Vous avez deux heures de retard ! cria quelqu'un.

— Je vous ai dit qu'il y avait une avalanche. La route était bloquée, répondit le chauffeur.

Joseph plongea derrière le mur de neige que le chasse-neige avait repoussé sur le bord de la route. Il se trouvait juste au bord du précipice qui s'enfonçait dans l'ombre. Il entendit le bruit des caisses qu'on jetait sur la route et le soldat ivre arriver en criant : « Chauffeur, tu m'as fauché mes cigarettes. »

— Balancez-le dans le vide, dit quelqu'un.

Une bousculade. Des rires. Des pas qui s'approchaient.

Joseph s'éloigna silencieusement — vers une forme carrée qui se dressait au bord de la route. Dans le noir cela ressemblait à une charrette sans roues. Il se cacha dessous sans attendre.

Il regretta aussitôt son initiative. Une énorme caisse tomba lourdement sur les planches au-dessus de lui, faisant tout trembler. Des bottes passèrent sur sa tête et s'éloignèrent pesamment dans la neige.

Puis des voix — des échanges de plaisanteries et des directives pour le chargement des caisses.

Joseph attendit, immobile, tandis que les

hommes déposaient leur fardeau et le recouvraient d'une bâche. Quand les soldats retournèrent sur la route il se hissa sur le rebord et se coula sous la bâche.

Quelqu'un cria d'une voix forte :

— Vous êtes prêts, là-bas ?

De l'autre côté de la vallée obscure on cria une réponse.

Brusquement, Joseph s'aperçut que les planches sur lesquelles il était étendu bougeaient. Glissant dans la nuit, elles s'éloignaient de la route. Où était-il ?

Dès qu'il s'en sentit l'audace, il souleva le coin de la bâche et regarda dehors. Il se trouvait dans une sorte de cage sans toit, suspendue à un câble par des poulies et des fils métalliques, qui se balançait à une hauteur vertigineuse. Un monte-charge aérien. On en voyait souvent dans les montagnes. Ils marchaient à l'électricité et servaient à transporter les marchandises d'un côté de la vallée à l'autre.

Joseph eut un soupir de soulagement. Le balancement de la cage lui donnait le mal de mer, mais il savait que chaque seconde l'éloignait un peu plus de ses ennemis.

Soudain, la cage s'immobilisa en grinçant. Elle se mit à redescendre en direction de la route. Les voix devinrent plus fortes. Une secousse, un grincement de poulies, le frottement du bois contre la neige, et Joseph se retrouva à son point de départ. Quelqu'un sauta dans la cage et souleva la bâche à l'autre extrémité.

— Il y a de la place sur le côté... Dépêchez-vous ! cria la même voix.

Joseph mit la main dans son étui de revolver. S'il le fallait, il se battrait pour s'échapper. Mais dans l'étui il ne trouva qu'une barre de chocolat.

Les soldats jetèrent encore une caisse dans la cage ; elle vint se cogner aux deux autres. Joseph la reçut sur le pied et il faillit hurler de douleur. Il tomba en arrière et se mordit la lèvre avec un grognement.

Mais personne ne l'entendit, car la cage était déjà repartie dans la nuit. Tandis qu'il frictionnait ses orteils meurtris, elle oscillait dans les airs. Au bout de quelques minutes de trajet, il vit s'approcher une benne dans l'autre sens — le poids de la benne de montée était équilibré par celui de la benne de descente. Les deux cages se croisèrent avec fracas. Cela voulait dire qu'il était déjà à mi-chemin. Devant lui se dressait la forme sombre de la montagne. A chaque balancement de la cage, à chaque grincement du câble, il s'en rapprochait un peu plus. Y aurait-il des soldats à l'arrivée ? Et, dans ce cas, que ferait-il ? Il ne pouvait éviter d'être découvert et il était complètement désarmé.

En un éclair il prit sa décision.

Il fit glisser la bâche de ses épaules et il s'assit le dos contre les caisses, face à la montagne.

3

La cachette

La cage s'immobilisa avec fracas. Joseph fut aveuglé par la lumière d'une torche électrique.
— Mon pistolet est braqué sur vous, prononça-t-il d'une voix ferme. Si vous ouvrez la bouche, je tire.
L'homme jura en polonais.
— Taisez-vous. Vous voulez que je tire ? Donnez-moi votre lampe, ordonna Joseph.
Il l'arracha à des mains tremblantes et dirigea le faisceau lumineux sur le visage d'un paysan à la barbe grise. Il se sentit soulagé en voyant que l'homme était polonais, comme lui.
— Faites ce que je vous dis et il ne vous arrivera aucun mal, dit Joseph plus doucement. Déchargez la cage.
Il questionna l'homme pendant qu'il faisait son travail.
— La cage est-elle manœuvrée d'ici ? Vous en avez le contrôle ? Bien. Dans ce cas personne ne nous dérangera. Emmenez-moi chez vous.

Le paysan mit les caisses en sécurité dans un hangar qu'il ferma à clé. Il garda pour lui un colis qui contenait des provisions et des vêtements de la ville. Il le chargea sur son épaule et prit un chemin de neige dure qui serpentait entre les pins. Bientôt ils arrivèrent chez lui. Il habitait un grand chalet avec un auvent de chaque côté ; il y avait du bois empilé à l'abri.

L'homme posa sa caisse à terre et fit entrer Joseph.

Un feu de bois brûlait gaiement dans une cheminée où était suspendue une grosse marmite. Une vieille femme était assise au coin du feu. Elle eut l'air effrayée.

Joseph jeta son manteau et son chapeau sur une chaise.

— Voici le pistolet avec lequel j'ai failli vous tuer, dit-il. C'est une barre de chocolat.

Il la cassa en trois morceaux qu'il leur distribua. Méfiants, ils attendirent qu'il ait mangé sa part pour toucher à la leur.

— Je ne comprends pas, dit lentement le paysan. Vous parlez comme un Polonais. Vous avez l'air d'un Polonais. Mais votre uniforme...

A ce moment une cloche se mit à sonner à l'autre bout de la vallée. Son écho retentit dans les montagnes.

— C'est la cloche de la prison, dit Joseph. Il y a longtemps qu'elle n'a pas sonné comme ça — depuis la dernière fois qu'un prisonnier s'est évadé.

— Vous êtes venu à sa recherche ? demanda la vieille femme.

— C'est moi le prisonnier, répondit Joseph. J'ai assommé un garde et volé son uniforme. Regardez... Si vous ne me croyez pas, lisez le numéro de camp inscrit sur mon bras : ZAK 2473. Je veux que vous me cachiez.

En voyant le numéro ils furent convaincus qu'il disait la vérité. Ils savaient que si on le trouvait chez eux ils risquaient la mort. Mais c'étaient des êtres courageux et ils n'hésitèrent pas.

Pour la première fois depuis deux ans Joseph dormit dans un bon lit.

Le lendemain matin le vieux paysan alla manœuvrer le monte-charge comme d'habitude. Avant de partir, il convint d'un signal avec Joseph. Si des soldats montaient dans la benne, il sifflerait trois fois. Et il lui indiqua une cachette dans le hangar à bois.

Pendant son absence, Joseph montra à la vieille femme les photos de sa famille. Il les avait sorties si souvent de son portefeuille pour les regarder qu'elles étaient maintenant chiffonnées et couvertes de traces de doigts. Il lui parla de sa femme et de ses enfants, de son école, il lui raconta comment il avait été pris par les nazis ; il décrivit le pays détruit, il dit la peur continuelle d'être arrêté, et la nourriture qui manquait. Chaque jour de nouvelles familles étaient séparées.

La vieille paysanne fut émue par son histoire. Tandis qu'il parlait, elle se mit à se demander comment elle pourrait l'aider. Il paraissait affamé et avait besoin d'être bien nourri. Elle avait un peu de fromage et des galettes d'avoine, un morceau de poitrine fumée suspendu dans la cave, et un fond de vrai café dans une boîte qu'elle avait gardé depuis l'avant-guerre.

Brusquement, on cogna à la porte. Etaient-ce les soldats qui le cherchaient ? Pourquoi le vieil homme ne les avait-il pas avertis ?

Quelqu'un cria en allemand.

Joseph n'avait pas le temps de fuir dans le hangar à bois.

— Vite. Cachez-vous là-haut, dit la vieille paysanne en montrant la cheminée. Il y a une ouverture à droite, à mi-hauteur.

Joseph s'engouffra dans la cheminée et se hissa au-dessus de la broche en fer. Le feu brûlait doucement et il n'y avait pas beaucoup de fumée. Il n'avait pas trouvé l'ouverture quand deux soldats ouvrirent la porte d'une violente poussée et entrèrent. Pendant qu'ils fouillaient la pièce il resta tout à fait immobile, les jambes écartées en travers de la cheminée. Il avait envie de tousser. Il crut que ses poumons allaient éclater.

Soudain une tête apparut en bas de la cheminée. C'était la vieille femme.

— Ils sont en haut, dit-elle. Mais ne descendez pas encore.

Elle lui montra où se trouvait l'ouverture. Il rampa à l'intérieur en toussant. Il pouvait voir le ciel au-dessus de lui par le large conduit de cheminée.

Il se félicitait d'avoir eu tant de chance quand il entendit les soldats revenir dans la pièce en dessous. Il contrôla sa toux avec difficulté.

— Et la cheminée ? dit une voix en allemand. C'est pas la place qui manque pour s'y planquer.

— C'est pas la suie qui manque non plus, répondit l'autre soldat. Ton uniforme est moins neuf que le mien. Tu vas y faire un tour ?

— Sûrement pas.

— Alors tirons une ou deux balles à tout hasard.

Il y eut deux explosions à vous briser le tympan. Joseph eut l'impression que le chalet tout entier s'écroulait. Il se cramponna de toutes ses forces à son perchoir... jusqu'au moment où il dut lâcher prise et tomba.

Quand il revint à lui, il était étendu par terre. La vieille femme, penchée sur lui, lui lavait le visage avec de l'eau froide.

— Tout va bien. Ils sont partis, dit-elle. La chute de suie vous a sauvé. Les soldats se sont enfuis en voyant ça. Ils avaient peur pour leur uniforme.

— Je suis désolé de ne pas avoir eu le temps de vous prévenir, dit le vieil homme. Les soldats s'étaient cachés dans la cage. Je les ai vus trop tard.

Joseph passa deux semaines pleines dans

leur chalet. Le vieux couple le traita comme un fils, partageant avec lui tout ce qu'ils possédaient. Ils le nourrirent si bien que ses joues creuses se remplirent et qu'il prit quelques kilos. C'étaient des gens simples, modestes, et en leur compagnie il trouva une paix qu'il n'avait pas connue depuis des années. Dans la brutalité de sa vie en prison il avait presque oublié que la bonté existait.

Il resta dans la maison, à manger et à se reposer. Plus d'une fois il fut tenté d'aller au-dehors. Toute la journée le soleil de printemps brillait dans un ciel sans nuages. Les glaçons suspendus au toit se mirent à fondre et les premiers crocus sortirent dans les plaques d'herbe jaunie au milieu des champs de neige. Mais il n'avait pas de raison de s'exposer aux regards, et il resta sagement à l'intérieur. Les nuits étaient glacées, et il se sentait bien au chaud sous ses couvertures.

Au bout de quinze jours, il quitta le chalet pour entamer la première étape de son long voyage de retour. La lune était dans son premier quartier et il gelait à pierre fendre. Il portait les chauds vêtements de laine d'un montagnard polonais. Le vieil homme partit avec lui pour lui servir de guide les trois premiers jours, jusqu'à ce qu'il ait quitté la zone de haute montagne.

L'après-midi du deuxième jour ils arrivèrent là où finissait la neige. Des petits ruisseaux s'échappaient des tas de neige. Partout où ils marchaient, le sol était trempé et leurs bottes s'enfonçaient. Mais quelle joie de quitter la neige et de découvrir les perce-neige et les crocus tout autour ! Plus bas dans la vallée l'herbe était déjà verte, égayée par les primevères, les violettes et les jonquilles sauvages.

Dans la gorge où se jette le Sanajec entre de hautes falaises boisées, pour rencontrer les grands fleuves des plaines, ils se dirent au revoir. Le vieil homme prit le visage de Joseph dans ses mains, le bénit et lui souhaita bonne chance.

4

Le poignard d'argent

Il fallut quatre semaines et demie à Joseph pour marcher jusqu'à Varsovie. Il avait passé toute sa vie dans la ville et il la connaissait bien. Mais à présent, à son retour, aucune rue ne lui était plus familière, pas un immeuble n'était resté intact. L'endroit paraissait aussi sinistre et silencieux que les cratères de la lune. Les belles maisons n'étaient plus que murs croulants ; les rues n'étaient plus que des sentiers sur les décombres entre des montagnes de briques. Les fenêtres noircies n'avaient plus de vitres. Les bâtiments publics s'étaient transformés en carcasses brûlées.

Dans ce désert les gens parvenaient encore à survivre. Joseph les voyait errer, pâles, le regard affamé, et disparaître dans les ruines par des chemins secrets. Ils s'étaient installés dans les caves et avaient creusé des grottes sous les décombres. Essayant même parfois de donner un air gai à leur « foyer ». Un trou béant laissé par une bombe dans un mur était encadré par des rideaux aux couleurs vives. Ailleurs on avait planté des crocus violets dans une jardinière. Ici et là un arbre qui avait échappé aux explosions se couvrait de jeunes bourgeons.

Mais le seul endroit vraiment animé était la voie ferrée. Les nazis devaient à tout prix la maintenir en état. Jamais Joseph n'avait vu des rails briller comme ceux-là — huit rails étincelants sur lesquels roulaient nuit et jour des trains bondés. Vers l'Est, chargés de troupes et de munitions, ils partaient attiser la guerre en Russie. Vers l'Ouest, ils ramenaient les blessés en Allemagne, et quelquefois aussi le précieux butin des pillages en Ukraine.

Joseph passa trois jours à retrouver la rue où il avait habité. L'école et sa maison avaient disparu.

En face il vit une maison avec une pancarte indiquant SECOURS POLONAIS. Il y entra pour poser quelques questions, mais les gens étaient nouveaux et ils ne purent le renseigner. Plus loin il eut plus de chance. Il connaissait la femme qu'il rencontra, une certaine Mme Krause, qui avait envoyé son enfant dans son école quelques années auparavant. Dans une petite pièce à l'arrière de sa maison il l'interrogea avidement sur sa famille.

— Les nazis ont détruit votre école, dit-elle.

— Qu'est-il arrivé à ma femme ?

— Ils sont venus la chercher en janvier l'année dernière, pendant la nuit. C'était juste après que le Dr Frank eut réclamé un million de travailleurs étrangers pour les envoyer en Allemagne. Elle se trouve là-bas, elle travaille probablement dans les champs. Je fais partie du Comité polonais de défense et nous avons essayé de la retrouver, mais sans succès.

— Et les enfants... ils sont partis avec elle ? demanda Joseph.

Mme Krause se détourna.

— Je ne sais rien sur eux, dit-elle.

Joseph sentit qu'elle cachait de mauvaises nouvelles. Il la supplia de parler.

— Je ne sais rien, affirma-t-elle.

— Ce n'est pas vrai, s'écria-t-il. Comme membre du Comité, vous avez sûrement trouvé quelque chose.

Enfin, avec un soupir las, elle lui raconta tout ce qu'elle savait.

— Le soir où votre femme a été emmenée, quelqu'un a tiré sur le fourgon du grenier de votre maison, crevant un pneu et touchant l'un des nazis au bras. Mais ils sont tout de même partis. Une heure après ils ont envoyé un camion de soldats avec des explosifs. Ils ont tout fait sauter. On n'a pas revu les enfants depuis.

Joseph était trop étourdi pour comprendre tout cela d'un seul coup, et Mme Krause dut répéter son histoire. Elle lui décrivit les efforts déployés pour retrouver les enfants, mais il était visible qu'elle les croyait morts.

Sans un mot, Joseph se leva et sortit dans la rue.

Le reste de la journée il erra dans les ruines, trop ahuri pour penser. Il passa la nuit dans une gare routière incendiée. Malgré la pluie qui traversait le toit, il dormit.

Il passa les quelques jours suivants à chercher ses enfants dans les ruines, avec une sorte de désespoir inconsolable. Le soir il rentrait chez les Krause, qui le nourrissaient et lui donnaient un lit.

Un soir Mme Krause lui dit :

— Ça ne sert à rien que vous continuiez de chercher. Vos enfants sont morts. La maison a été verrouillée avant le départ des soldats, et l'explosion les a sûrement tués. Si vous tenez à poursuivre vos recherches, essayez plutôt de retrouver votre femme.

— L'Allemagne est grande, dit Joseph. Quel espoir ai-je de l'y découvrir ?

— Elle s'est peut-être évadée, comme vous, dit Mme Krause. Vous deviez vous douter que quelque chose de ce genre allait arriver. Vous n'avez jamais fait de projets ? Vous n'étiez pas convenus d'un lieu de rendez-vous ?

Joseph réfléchit un moment.

— Si, c'est ce que nous avons fait. Nous avons décidé que si nous étions un jour séparés, nous essaierions d'atteindre la Suisse. Ma femme est suisse, et ses parents vivent encore là-bas.

Mme Krause prit ses mains dans les siennes et sourit.

— Voilà donc la réponse. Partez pour la

Suisse, et avec l'aide de Dieu vous l'y retrouverez.

— Mais les enfants — ils sont peut-être toujours ici, dit Joseph.

Il passa encore plusieurs jours à les chercher. Un après-midi, alors qu'il fouillait dans les décombres de son ancienne maison, il trouva un minuscule poignard d'argent. Il mesurait une dizaine de centimètres et avait un manche de cuivre portant gravé un dragon qui crachait du feu. C'était un coupe-papier qu'il avait autrefois offert à sa femme comme cadeau d'anniversaire.

Nettoyant la lame sur son chandail, il s'aperçut qu'il n'était pas seul. Un petit garçon en haillons l'observait attentivement. Il avait des cheveux blonds ébouriffés et des yeux extraordinairement brillants. Il portait une boîte en bois sous un bras, et un chat gris efflanqué sous l'autre.

Un instant Joseph crut que c'était son fils Edek. Puis il se rendit compte que l'enfant était trop petit.

Il s'approcha et caressa le chaton.

— Comment s'appelle-t-il ? demanda-t-il.

— Il n'a pas de nom. Il est à moi, c'est tout, répondit le garçon.

— Comment t'appelles-tu ? demanda Joseph.

L'enfant fit la moue et serra la boîte en bois sous son bras. Il considéra Joseph d'un œil sagace. Il dit, au bout d'un moment :

— Donne-moi ce poignard.

— Mais il m'appartient, dit Joseph.
— Tu l'as trouvé sur mon terrain. C'est chez moi ici.
Joseph expliqua que c'était sa maison et qu'il n'en restait que ce tas de décombres.
— Je te donnerai à manger en échange, dit le garçon, et il offrit un sandwich au fromage à Joseph.
— J'ai bien assez à manger, répondit ce dernier. Il mit la main dans sa poche, mais elle était vide. Il regarda de nouveau le sandwich du garçon et il s'aperçut que c'était celui que lui avait donné Mme Krause le matin, bien qu'il ne fût guère appétissant à présent.
— Petit voleur ! s'écria-t-il en riant. Mais avant qu'il ait pu le récupérer, l'enfant en avait déjà avalé la moitié et donné le reste au chat, qui ronronnait maintenant d'un air satisfait.
Au bout d'un moment, Joseph dit :
— Je suis à la recherche de ma famille. Ruth est l'aînée ; elle aurait quinze ans maintenant, une grande jeune fille blonde. Edek aurait treize ans. Bronia est la plus jeune ; elle aurait cinq ans.
Il en fit une brève description, raconta ce qui leur était arrivé et demanda à l'enfant s'il les avait vus.
Le garçon haussa les épaules.
— Varsovie est pleine d'enfants perdus, dit-il. Ils sont sales, affamés et ils se ressemblent tous.
Ses paroles semblaient exprimer l'indifférence. Mais Joseph remarqua qu'il l'avait

écouté avec attention et paraissait enregistrer toutes les informations.

— Je te donnerai ce poignard à une condition, lui dit-il. Je ne suis pas certain que mes enfants *soient* morts. Si jamais tu vois Ruth, Edek ou Bronia, dis-leur que nous nous sommes rencontrés. Dis-leur que je pars en Suisse retrouver leur mère. Que je vais chez leurs grands-parents. Dis-leur de venir dès que possible.

Le garçon attrapa le poignard avant que Joseph n'eût le temps de changer d'avis. Il le laissa tomber dans la petite boîte en bois, ramassa le chat et s'enfuit.

— Je te parlerai d'eux plus longuement demain, appela Joseph. Viens ici dans la matinée — et ne me laisse pas tomber !

L'enfant disparut.

5

Le train de marchandises

Joseph ne comptait pas sur l'enfant pour le rendez-vous du lendemain matin. Mais il le trouva là qui l'attendait, assis sur les décombres avec son chat et sa boîte en bois.
— N'essaie pas de me faire les poches ce matin, c'est inutile, dit-il en s'asseyant à côté de lui.
— Tu en as épinglé les rabats, répondit l'enfant. Mais ça ne change rien.
Joseph s'écarta d'un ou deux pas.
— Ne me touche pas, dit-il. Maintenant, écoute-moi. Je pars pour la Suisse ce soir. Je ne veux pas faire toute la route à pied, alors je vais sauter dans un train. Où est le meilleur endroit ?
— Tu vas te faire prendre et on te descendra, dit le garçon. Ou tu vas mourir gelé dans les wagons. Les nuits sont glacées. Tes cheveux seront blancs de givre, tes doigts se transformeront en vrais glaçons. Et quand les nazis te trouveront, tu seras aussi raide que les planches des wagons.

C'est ce qui arrive quand on s'amuse à sauter dans un train.

— Tu as l'air d'en savoir long là-dessus, dit Joseph.

— J'ai vu ce que c'était, répondit l'enfant.

— Je ne peux pas faire autrement. Il faut que je coure ce risque, dit Joseph. Ça vaut mieux que de retourner là d'où je viens.

— Je te conduirai près de la courbe où le train ralentit, dit le garçon.

Il bondit sur ses pieds et se mit à courir. Joseph eut du mal à le suivre. Mais l'enfant était capable de courir en parlant et en même temps de lui indiquer des points de repère, tout en fourrant de la nourriture dans sa bouche et dans la gueule du chat.

Joseph essaya de découvrir qui était cet extraordinaire enfant. Comment s'appelait-il ? Où habitait-il ? Ses parents étaient-ils encore en vie ? Mais le garçon ne voulut rien dire.

Ils arrivèrent à la voie ferrée et la suivirent, quittant la gare, jusqu'à une large courbe. Là, à côté d'un hangar, ils s'assirent pour étudier l'endroit.

— Tous les trains ralentissent ici, dit le garçon. Il n'y a pas de meilleur endroit pour sauter en marche.

Ils virent plusieurs trains passer, en direction de l'ouest. L'un d'eux était un train de marchandises, et il allait plus lentement que les autres. Y en aurait-il un ce soir ? Joseph se dit qu'il pourrait y sauter sans danger.

— Mangeons un morceau, dit-il, et il retira les épingles de ses poches.

Mais ses mains passèrent au travers et apparurent au jour. Il regarda le garçon qui surveillait les trains ; il mâchait encore. Il regarda le chat, blotti sur les genoux de l'enfant, ronronnant encore. Il comprit où étaient ses sandwiches à présent.

— Petit démon ! cria-t-il. Attends que je t'attrape !

Mais le garçon s'était volatilisé.

Il ne le revit qu'après la tombée de la nuit, lorsqu'il eut dit au revoir aux Krause et quitté leur maison pour toujours. L'enfant l'attendait en bas de la rue.

— Chut ! dit-il. Il faut qu'on passe par les petites rues, c'est le moment du couvre-feu. Si les patrouilles nazies nous voient, ils vont tirer.

— Qu'est-ce que tu portes là ? demanda Joseph.

Il regarda de plus près et vit que la chemise en loques du garçon était bourrée de longues miches de pain qui ressemblaient à de gigantesques cigares.

— Mon Dieu ! Où as-tu trouvé tout ça ?

— Je l'ai emprunté, répondit l'enfant. Je connais la cantine des baraquements des nazis. Il y a plein de pain dans leur four. Prends-les ; tu auras faim.

— Ça me permettra de tenir jusqu'en Amérique, une provision pareille ! dit Joseph en les prenant. Et toi ? Tu as bon appétit, je suis bien placé pour le savoir.

— J'emprunte pour tout le monde,

répondit le garçon. C'est toujours moi qu'on envoie. Je suis si petit que je peux me glisser sous les barbelés. Je cours si vite que les soldats ne réussissent jamais à me rattraper. Et si... Il s'interrompit brusquement. A plat ventre ! Voilà une patrouille.

Ils plongèrent derrière un mur et attendirent, immobiles, que la patrouille se soit éloignée. Puis ils se dirigèrent en hâte vers la voie ferrée, en passant par les petits chemins. Ils faillirent se trouver nez à nez avec une autre patrouille, et il y eut des coups de feu dans la nuit. Mais le garçon connaissait mieux les ruines que la patrouille, et ils s'échappèrent.

Ils arrivèrent à l'endroit où Joseph voulait sauter en marche, et ils se cachèrent à côté d'un entrepôt vide. Il pleuvinait. L'entrepôt était jonché de verre brisé et de bois carbonisé. Il n'avait plus de toit, à part un morceau de tôle qui restait accroché à l'angle de deux murs. Ils s'installèrent dessous pour s'abriter de la pluie. Un train passa avec fracas, le hurlement de sa locomotive accompagné par le chuintement des pistons. Les longs wagons cliquetèrent dans l'obscurité, et le feu rouge du fourgon de queue disparut.

Trop rapide pour moi, se dit Joseph. Il faut que j'attende un train de marchandises.

Tandis qu'ils attendaient Joseph déclara :

— Je te dois énormément, et je ne sais même pas ton nom.

Le garçon ne dit rien, mais continua de caresser le chat.

La bruine se transforma en une grosse pluie. Les gouttes dansaient sur le toit, qui craquait à chaque bourrasque.

— Tu n'as pas de parents ? demanda Joseph.

— J'ai mon chat gris et cette boîte, répondit l'enfant.

— Tu ne veux pas venir avec moi ? dit Joseph.

Le garçon ignora sa question. Il était en train d'ouvrir la boîte en bois, et il en sortit le petit poignard d'argent.

— C'est mon plus beau trésor, dit-il. Il me portera chance. Et à toi aussi, parce que tu me l'as donné. Je ne dis mon nom à personne — ce n'est pas prudent. Mais parce que tu m'as fait cadeau du poignard et que je ne te l'ai pas emprunté, je vais te le dire. Je m'appelle Jan, chuchota-t-il.

— Il y a beaucoup de Jan en Pologne, quel est ton nom de famille ?

— C'est tout. Juste Jan.

Joseph ne l'interrogea pas plus avant.

— Reste là, au sec, dit-il quand le moment fut venu de partir.

Mais Jan voulut absolument l'accompagner.

Ils s'accroupirent à côté de la voie principale.

Un train s'approcha — était-ce un train de marchandises ? A la lumière d'une lanterne de signalisation ils virent des croix rouges peintes sur les wagons ruisselants de pluie. Un convoi sanitaire. Les rideaux étaient baissés. A part une vague lueur qui transparaissait de loin en loin à cause de l'usure, on ne voyait aucune lumière.

Enfin, alors que Joseph avait presque perdu espoir, un train de marchandises arriva. Les premiers wagons passèrent bruyamment.

— Au revoir, Jan. Rappelle-toi ta promesse. Quoi qu'il arrive, je ne t'oublierai pas. Dieu te bénisse.

Joseph choisit un wagon vide et le longea en courant à la même vitesse que le train. La nuit l'engloutit. Jan ne le vit pas sauter.

L'un après l'autre les wagons lourds, lugubres, passèrent en bringuebalant sous la pluie. Enfin apparut la petite lumière rouge, si pâle qu'on la voyait à peine. Puis le son aigu d'un coup de sifflet, comme le train reprenait de la vitesse après le virage.

Il pleuvait très fort maintenant.

Jan fut bientôt trempé jusqu'aux os. Il se hâtait dans les ruelles sombres. Il avait fourré le chat gris à l'intérieur de sa veste. Il était presque aussi mouillé que lui et n'avait guère plus chaud. Il serrait sous son bras la boîte en bois. Et il pensait au poignard d'argent qui s'y trouvait.

6

La nuit des S.S.

Qu'était-il arrivé à la famille de Joseph un an plus tôt, cette fameuse nuit où les S.S. s'étaient présentés à l'école ? Mme Krause avait-elle dit la vérité ? Avaient-ils vraiment emmené sa femme ? Etaient-ils revenus ensuite pour faire sauter la maison avec les enfants ?

Voici ce qui arriva.

Cette nuit-là une mince couche de neige recouvrait les toits de Varsovie. Ruth et Bronia dormaient dans la chambre à coucher à côté de leur mère. La chambre d'Edek se trouvait au dernier étage, sous le grenier. Il dormait lorsque les soldats nazis firent irruption dans la maison, mais il se réveilla en entendant du bruit devant sa porte. Il bondit hors de son lit et tourna la poignée. On l'avait enfermé. Il cria et martela la porte de ses poings, mais ça ne servit à rien. Il s'étendit par terre et colla son oreille contre le sol pour écouter. Dans la chambre de sa mère des hommes jetaient des ordres, mais il ne put distinguer un seul mot.

Il y avait dans le plafond une petite trappe qui permettait d'accéder au grenier. Une échelle était posée entre son lit et le mur. Il la redressa sans bruit, la fixa sous la trappe, et l'escalada.

Son fusil était caché entre le réservoir d'eau et la gaine qui le protégeait. Edek s'était enrôlé dans la brigade des jeunes fusiliers et il s'était servi de son arme pendant le siège de Varsovie. Le fusil était chargé. Il le prit et redescendit aussitôt dans sa chambre.

Au-dessous le bruit avait cessé. En regardant par la fenêtre il vit un fourgon militaire qui attendait devant la porte d'entrée. Deux nazis entraînaient sa mère en bas des marches et elle se débattait.

Edek releva la fenêtre qu'il laissa entrouverte. Il n'osa pas tirer tout de suite de peur de blesser sa mère. Il attendit qu'elle fût rentrée dans le fourgon et qu'on eût fermé les portières.

La première balle atteignit un soldat au bras. Il poussa un hurlement et sauta sur le siège à côté du chauffeur. Puis Edek visa les pneus. Il toucha une roue arrière mais le fourgon démarra brusquement en dérapant et remonta la rue. Ses autres balles manquèrent leur but.

Avec la crosse de son fusil il enfonça la porte et courut trouver ses sœurs. Elles étaient elles aussi enfermées. Il fit sauter la serrure.

Bronia était assise dans son lit et Ruth essayait de la calmer. Elle était presque aussi affolée que sa sœur. Seuls ses efforts pour consoler Bronia l'empêchaient de perdre complètement la tête.

— J'ai blessé un de ces porcs, dit Edek.

— Ce n'est vraiment pas malin, dit Ruth. Ils vont revenir nous chercher maintenant.

— Je ne pouvais pas les laisser emmener maman comme ça, répondit Edek. Oh ! Bronia, tais-toi ! Ça ne sert à rien de hurler.

— Il faut qu'on sorte d'ici avant qu'ils ne reviennent, dit Ruth.

Elle habilla Bronia avec difficulté, tandis qu'Edek allait prendre dans l'entrée des manteaux, des bottes et des chapeaux de fourrure.

Ruth n'avait pas le temps de s'habiller convenablement. Elle enfila un manteau par-dessus sa chemise de nuit et enveloppa Bronia d'un châle de laine.

— On ne peut pas sortir par-devant, dit Edek. Il y a un autre car qui arrive. J'entends sa sirène.

— Et par-derrière ? dit Ruth.

— Le mur est trop haut. Jamais nous ne réussirons à faire passer Bronia. D'ailleurs, il y a des nazis cantonnés dans cette rue. Nous avons une seule issue : le toit.

— Nous n'y arriverons jamais, dit Ruth.

— C'est la seule issue, répéta Edek. Je

vais porter Bronia. Dépêche-toi. Je les entends qui viennent.

Il prit dans ses bras Bronia en sanglots et il monta en haut le premier. Il avait enfilé l'épais manteau de son père par-dessus son pyjama, il était pieds nus dans ses grosses bottes, et il portait son fusil en bandoulière.

Quand ils furent tous arrivés dans le grenier, il brisa la lucarne.

— Maintenant écoute, Bronia, dit-il. Si tu ouvres la bouche une seule fois, nous ne reverrons jamais maman. Nous serons tous tués.

— Bien sûr que nous la reverrons, intervint Ruth. Mais seulement si tu obéis à Edek.

Il passa par la lucarne et se retrouva sur le toit glissant. Ruth lui tendit Bronia, puis elle monta elle aussi. L'air glacé lui coupa le souffle.

— Je ne peux pas encore te porter, Bronia, dit Edek. Il faut que tu marches derrière moi en te tenant au fusil. Et ne regarde pas en bas.

Les premiers pas — jusqu'au V qui séparait la cheminée de l'arête du toit — furent terrifiants. Edek se précipita jusqu'au poteau télégraphique qu'il attrapa, puis il se hissa en haut, traînant Bronia qui se cramponnait à lui. Elle était muette de peur. Il se retourna vers Ruth et la tira vers lui.

Après une petite pause, ils se laissèrent

glisser jusqu'à un replat qui avançait, une sorte de parapet.

L'arête du toit se dressait entre eux et la rue, aussi ils ne pouvaient pas voir ce qui se passait en bas. Mais ils entendaient des cris, des sirènes, et des grincements de freins.

Par chance, toutes les maisons se touchaient de ce côté de l'école, sinon jamais ils n'auraient pu s'enfuir. Même ainsi, ce fut un miracle qu'aucun de leurs faux pas ou de leurs chutes ne s'achevât par une catastrophe.

Ils avaient dû faire une centaine de mètres lorsque la première explosion ébranla le quartier. Une énorme flamme jaillit de la maison, illuminant le ciel glacé. Ils se jetèrent dans la neige et attendirent. Le toit tremblait, la ville entière vibrait autour d'eux. Une autre explosion. Des nuages de fumée se déversèrent par les fenêtres en feu. Des gerbes d'étincelles fusaient dans la nuit.

— Venez, dit Edek. Ils ne nous auront pas maintenant.

De plus en plus confiants ils longèrent les toits d'un pas rapide. Enfin, ils descendirent une échelle de secours branlante et arrivèrent au niveau de la rue. Ils se dépêchaient, sans se préoccuper de savoir où ils allaient, s'éloignant le plus possible de ces énormes flammes.

Ils ne s'arrêtèrent que lorsque l'aube pâle d'hiver apparut. Ils ne voyaient plus l'incendie.

Ils se réfugièrent dans la cave d'une maison bombardée. Epuisés, blottis les uns contre les autres pour se tenir chaud, ils dormirent longtemps et furent réveillés tard dans l'après-midi par le froid et la faim.

7

Une maison pour l'hiver, une maison pour l'été

Ils s'installèrent dans une cave à l'autre bout de la ville. Ils y étaient parvenus par les souterrains. De la rue on aurait dit un terrier de lapin au milieu d'une montagne de décombres, avec un morceau de mur qui se dressait derrière. De l'autre côté il y avait un trou en bas du mur, qui laissait passer l'air, la lumière et la pluie.

Quand ils demandèrent des nouvelles de leur mère au Comité de défense polonais, on leur répondit qu'elle avait été emmenée en Allemagne pour y travailler la terre. Personne ne fut capable de dire dans quelle région. Ils ne surent jamais rien de plus, bien qu'ils revinssent très souvent s'en enquérir. « La guerre sera bientôt finie », leur dit-on. « Un peu de patience, votre mère va rentrer. »

Mais la guerre n'en finissait plus, et leur patience fut mise à rude épreuve.

Ils se hâtèrent de rendre leur maison aussi confortable que possible. Edek, agile comme un singe, escalada deux étages d'un immeuble bombardé pour récupérer un matelas et des rideaux. Il donna le matelas à Ruth et Bronia. Les rideaux servirent de draps. Les jours de pluie ils permettaient de boucher le trou dans le mur. Avec des planches Edek fabriqua deux lits, des chaises et une table. Il ramassa des briques dans les décombres et construisit un mur pour diviser la cave en deux, créant une pièce pour dormir et une autre pour vivre. Il vola des couvertures dans un surplus nazi, et en distribua une à chacun.

Ils passèrent là le reste de l'hiver et le printemps suivant.

Il n'était pas facile de trouver à manger. Ruth et Bronia possédaient des cartes vertes d'alimentation, réservées aux Polonais, et elles avaient droit aux petites rations accordées par les nazis. Mais, sauf quand Edek trouvait un travail temporaire, ils n'avaient pas d'argent pour acheter de la nourriture. Edek n'avait pas de carte verte. Il n'avait pas osé en demander une, car cela l'aurait obligé à dire son âge. A partir de douze ans tout le monde devait s'enrôler, et on l'aurait sûrement envoyé en Allemagne comme travailleur de force. Ils mangeaient le plus souvent possible dans les soupes populaires organisées par le Secours polonais. Parfois ils mendiaient dans un couvent voisin. Ils volaient les nazis ou fouillaient dans leurs poubelles. Ils ne voyaient aucun mal à voler leurs ennemis, mais ils prenaient soin de ne jamais voler les leurs.

La guerre avait rendu Edek malin et

indépendant pour son âge. Ruth mit plus de temps à s'adapter à la nouvelle vie. D'abord pendant cet interminable hiver et ce printemps aux vents glacés, il sembla qu'elle était trop jeune pour prendre des responsabilités. Mais elle apprit peu à peu. Elle vit qu'Edek était toujours gai — car il était toujours occupé. Elle comprit qu'elle devait cesser de se décharger sur lui de tous les détails pratiques. Elle pouvait déjà adoucir le malheur de Bronia. Elle se rappela que sa petite sœur avait toujours aimé dessiner. Depuis qu'elle avait su tenir un crayon, elle enchantait son père par ses dessins. Ruth l'encouragea donc à reprendre cette activité. Ils n'avaient pas de crayons ni de papier, mais les murs de la cave et les morceaux de bois carbonisé en tiendraient lieu. Bronia dessina ce qu'elle voyait. Bientôt les murs furent recouverts de gens qui faisaient la queue devant la soupe populaire et d'enfants qui jouaient à cache-cache dans les ruines.

Puis Ruth ouvrit une école. Elle fit venir d'autres enfants perdus de l'âge de Bronia ou un peu plus vieux. Quand Edek travaillait ou cherchait de la nourriture, elle leur racontait des histoires. Quand elle était à court, les autres enfants prenaient la relève. Elle les obligeait à parler clairement, sans marmonner. Un jour à la soupe populaire elle parla de son école. Quand elle revint le lendemain on lui donna des ardoises, de la craie et une Bible de poche. La nouvelle se répandit comme une traînée de poudre et bientôt une foule de marmots vint s'agglutiner devant la fenêtre de la cave, la suppliant de leur permettre d'entrer dans son école. Mais elle n'avait de place que pour douze élèves, et elle dut les renvoyer le cœur gros.

Ruth était faite pour enseigner. Elle captivait les enfants aussi longtemps qu'elle le voulait. Elle variait les activités autant que possible, consacrant le matin à l'étude et l'après-midi au jeu. La journée commençait par un récit de la Bible. Elle le lisait elle-même, entourée par les enfants — qui se blottissaient à trois sous une couverture s'il faisait froid. Ensuite elle passait à la leçon de lecture et d'écriture, puis à la récréation en plein air. Ils se précipitaient hors de leur terrier pour courir au soleil. Ils descendaient la rue jusqu'à la barrière en bois qu'ils appelaient « la Côte d'Azur ». Là ils s'asseyaient les uns à côté des autres, s'appuyant contre le bois tiédi par le soleil, se laissant envahir par la chaleur, rayonnant de bien-être. Les jours de temps gris ils jouaient avec entrain avant de rentrer dans la cave pour écouter une autre histoire.

Ils aimaient par-dessus tout les récits de l'Ancien Testament. Et préféraient entre toutes l'histoire de Daniel dans la fosse aux lions. Mais pour Ruth, c'était plus qu'une simple histoire, elle y voyait une profonde signification, et un parallèle avec leur propre vie. Les lions représentaient le froid, la faim, et les épreuves qu'ils devaient endurer. S'ils se montraient patients et confiants comme Daniel, ils en seraient délivrés. Elle se rappela une image de Daniel que sa mère lui avait donnée un jour. Il se tenait dans le cachot, les mains enchaînées dans le dos, le visage levé vers une petite fenêtre à barreaux au-dessus de sa tête. Il souriait et ne voyait pas les lions qui rôdaient autour de lui, incapables de le toucher. Le soir elle aimait s'endormir en revoyant cette image. Elle ne la distinguait pas toujours avec netteté. Parfois le visage de Daniel était obscurci et la lumière de la lucarne éclairait les lions. Ils grondaient d'un air menaçant, et semaient la terreur dans ses rêves.

Au début de l'été ils quittèrent la ville et partirent vivre dans les forêts en dehors de la ville. Les nuits étaient fraîches en plein air. Ils dormaient blottis dans leurs couvertures sous un chêne que Edek avait choisi à cause de ses larges branches. Il ne plut pas beaucoup cet été-là, à part une ou deux grosses averses en mai. Après cela Edek coupa quelques branches, les attacha ensemble et fabriqua une sorte d'abri. Cela suffit à les protéger sauf en cas de très grosse pluie.

Ils menaient une vie beaucoup plus saine qu'à la ville. Leur teint brunit au soleil. Il y avait beaucoup d'autres familles avec qui ils pouvaient jouer, parmi lesquelles des Juifs échappés du ghetto de Varsovie. Ils couraient librement et Ruth faisait la classe sous les arbres sans être obligée de guetter les patrouilles de police. Parfois elle avait jusqu'à vingt-cinq élèves. Elle en aurait accepté plus, mais ils n'avaient pas de papier, pas de livres du tout, et très peu d'ardoises. Ils recevaient à l'occasion un journal clandestin spécialement publié pour les enfants par la presse polonaise secrète. Il s'appelait *Biedronka*, « La Coccinelle », et était plein d'histoires, d'images et de plaisanteries qui plaisent aux enfants. Les taches de doigts montraient que d'autres familles les avaient lus avant eux. Quand les élèves de Ruth avaient fini de le regarder, il n'en restait que des lambeaux.

Grâce à la gentillesse des paysans, la nourriture était plus abondante. Bien qu'il leur fût interdit de conserver les aliments et de les vendre à d'autres qu'aux nazis, ils donnaient aux enfants tout ce qu'ils réussissaient à mettre de côté. Ils cachaient aussi des provisions dans les caves, les meules de foin et des trous creusés dans la terre. Avec l'aide des enfants les plus âgés ils les emportaient à la ville pour les vendre au marché noir, aux Polonais.

Edek jouait un rôle très important dans cette entreprise. En échange de ses services, il recevait toute la nourriture dont il avait besoin pour sa famille. L'une de ses astuces était d'aller en ville avec des mottes de beurre cousues dans la doublure de son manteau. Mais il ne pouvait le faire que la nuit ou les jours de froid. Le beurre fondait à la chaleur. Il préférait donc travailler la nuit s'il le pouvait. Les Allemands se mirent à se méfier et postèrent des patrouilles sur toutes les grandes routes menant à la ville. Edek passa alors par les champs, suivant des sentiers et des chemins de terre. Il savait très bien ce qu'il risquait s'il était pris. Un enfant plus jeune s'en sortirait avec une raclée. Mais on expédierait un garçon fort comme lui en Allemagne, car les nazis manquaient de main-d'œuvre dans leur pays.

Edek eut aussi l'idée d'aller dans la banlieue en traînant une charrette pleine de bûches.

Certaines étaient fendues, il en avait creusé l'intérieur pour le remplir de beurre et d'œufs, puis il avait recollé le tout. Une fois il fut arrêté par une patrouille de police, qui fouillait tous les gens qui passaient sur la route. Ils renversèrent les bûches sur le trottoir. Edek ne resta pas pour voir si la colle résisterait à ce traitement. Il plongea dans la foule et s'enfuit. Les sifflets de police retentissaient déjà et la poursuite commença, lorsqu'un ami vint à son secours et le fourra la tête la première dans un tombereau d'ordures. Il resta là, dissimulé sous les cendres, la poussière et les légumes pourris.

Après cet incident, Edek ne travailla que la nuit.

Puis vint un matin, vers la fin du mois d'août, où il ne réapparut pas. Ruth interrogea d'autres familles dans la forêt, mais personne ne l'avait vu. Au bout de plusieurs jours de recherches, elle retrouva sa trace dans un village à une douzaine de kilomètres. Edek s'était présenté dans une maison au moment où la police secrète était en train de chercher des provisions cachées. Ils avaient trouvé du fromage cousu dans la doublure de son manteau. Après avoir mis le feu à la maison, ils l'avaient emmené avec le paysan.

Ruth retourna dans la forêt le cœur lourd, craignant d'annoncer la nouvelle à Bronia.

Edek avait été leur bouée de sauvetage. Elles dépendaient de lui pour tout — la nourriture, les vêtements, l'argent. A la ville il avait construit un foyer sur des ruines. Dans les bois il n'y avait pas meilleur abri que leur chêne. Et après la tombée de la nuit, quand le vent froid soufflait et que l'humidité montait du sol, personne ne savait mieux que lui entretenir le feu jusqu'à l'aube, pour que les braises les enveloppent d'une douce chaleur pendant leur sommeil.

Maintenant Ruth et Bronia devaient voler de leurs propres ailes. C'était une épreuve devant laquelle l'être le plus courageux risquait de faiblir.

8

Le nouveau venu

Deux années passèrent sans aucune nouvelle d'Edek. Ruth et Bronia rentraient à Varsovie l'hiver, et passaient l'été dans la forêt.

C'était l'été 1944. Dans les bois elles commencèrent à se rendre compte que les choses changeaient. Jour et nuit les avions sillonnaient le ciel. Ils entendaient au loin, venant de la ville, le grondement des canons et l'explosion des bombes. Le bruit courait que les nazis étaient sur la défensive. Les enfants devaient l'apprendre par la suite, le maréchal soviétique Rokossovski avançait vers l'Ouest avec sept groupes d'armées, repoussant les nazis. Radio-Moscou avait diffusé un appel à la résistance à Varsovie : « Polonais, l'heure de la liberté a sonné ! Aux armes ! Ne perdez pas un instant. Les faubourgs de Varsovie sont déjà à portée des canons russes. »

Immédiatement, les Polonais, sous les ordres de leur propre général, Bor, se soulevèrent contre la garnison allemande. A cinq heures de l'après-midi, le premier août, une bombe explosa au quartier général de la Gestapo. Au même instant des milliers de fenêtres s'ouvrirent brusquement dans la ville et les Allemands qui passaient reçurent des volées de balles. La circulation s'arrêta complètement et tous les Polonais vivant dans la clandestinité lancèrent l'attaque. Des gens affamés se déversèrent hors des caves et se jetèrent sur les nazis, avec des armes ou simplement avec leurs poings quand ils n'avaient rien d'autre pour se battre.

Mais les Allemands contre-attaquèrent à partir de leurs positions. Ils rassemblèrent cinq divisions en hâte, et leurs chars Tigre pénétrèrent dans la ville jusqu'à la Vistule. A l'extérieur les troupes soviétiques reculèrent de dix kilomètres sur l'ordre de Moscou, laissant les Polonais mener leur propre combat.

Le général Bor n'avait plus d'armes ni de munitions et ne pouvait continuer seul le combat. Il fit appel à l'aide de l'Angleterre et de l'Amérique. Mais celles-ci étaient trop occupées à combattre les nazis à l'Ouest. Le Premier ministre Churchill envoya un télégramme à Staline pour lui demander de venir au secours des Polonais mais ce dernier refusa. Il refusa même d'autoriser les avions anglais et américains chargés de vivres et de munitions à atterrir sur les terrains d'aviation russes. Les Polonais, dépourvus d'armes et de nourriture à un point dramatique, durent donc se battre jusqu'au bout.

Quelques personnes isolées, chassées de la ville par les nazis, cherchant un endroit sûr, parvinrent dans la forêt. Ruth apprit ainsi que les nazis devaient se battre pour chaque pouce de terrain, que les Polonais dépavaient les trottoirs pour construire des barricades dans les rues, et que les femmes de Varsovie avaient envoyé un message au pape : « Très saint Père, depuis trois semaines nous n'avons plus de vivres ni de médicaments. Varsovie est en ruine. Personne ne nous aide. Le monde ignore notre lutte. »

Le 2 octobre, le soixante-troisième jour des combats, quand les défenseurs furent à court de munitions, Varsovie envoya un dernier appel aux peuples du monde : « Sans votre secours notre lutte est sans espoir. Dieu est juste, et dans sa toute-puissance il punira tous ceux qui sont responsables de cette terrible offense à la nation polonaise. »

Trop tard pour sauver les vaillants combattants, Staline changea de plan et ordonna aux Russes d'avancer. En janvier 1945 les nazis avaient quitté le pays et Varsovie était entre les mains des Russes.

A cause des combats, Ruth et Bronia avaient retardé le plus possible leur retour en ville. L'hiver était déjà là quand le froid et la faim les chassèrent de la forêt, avec d'autres familles.

Un gros choc les attendait. La ville qu'ils

avaient connue et où ils avaient passé toute leur vie avait disparu. La vieille ville avait été entièrement détruite, aucune rue ne subsistait. La nourriture manquait plus que jamais — on ne trouvait qu'un peu de farine, de sucre et de matière grasse, il n'y avait pas du tout de lait. Par chance, il y avait de l'eau. Les canalisations avaient été endommagées, mais de nouveaux puits avaient été creusés.

Elles réussirent à retrouver la cave qui leur avait servi de maison pendant deux ans. On voyait qu'elle avait été occupée pendant l'été, puis abandonnée. Les chaises et les lits avaient disparu — ils avaient sans doute été utilisés comme bois de chauffage — et la table était cassée. Il y avait un trou noir à une extrémité, et Ruth s'aperçut que c'était le début d'un tunnel. Il passait sous la rue et rejoignait d'autres caves, d'autres foyers. A cause des combats et des bombardements, personne n'avait emprunté les rues, sauf en cas de nécessité majeure. Grâce à ce précieux réseau de tunnels les courageux défenseurs avaient poursuivi leur lutte tout l'automne.

Ruth se mit patiemment au travail pour réparer les dégâts. Elles n'avaient pas de lits, mais elles avaient rapporté leurs couvertures des bois. Des amis leur donnèrent des sacs pour s'étendre dessus. Des garçons de sa classe remirent la table sur pied et fabriquèrent des chaises avec des caisses.

Quand tout fut aussi en état que possible, Ruth recommença ses cours. Seize enfants environ s'entassèrent dans la cave — maintenant les leçons avaient toujours lieu à l'intérieur.

Un jour se produisit un événement qui devait transformer tout le cours de sa vie, et redonner de l'espoir à son âme accablée.

C'était une journée ensoleillée, et pour une fois il n'y avait pas de coups de feu. Les enfants étaient dehors et jouaient à un jeu qui s'appelait « l'alerte aux raids aériens ». L'un d'eux criait « Alerte ! » et comptait jusqu'à cinquante tandis que les autres couraient se mettre à l'abri avant qu'il ne dise « Stop ! » Ceux qui n'avaient pas encore trouvé de cachette devaient se coucher par terre et faire semblant d'être morts.

Brusquement Bronia, qui était très fière parce qu'elle n'avait encore jamais été morte, courut voir Ruth dans la cave.

— Il y a un garçon couché dehors et il ne veut pas se lever, cria-t-elle.

— Chatouille-lui les côtes, répondit Ruth.

— Je pense qu'il ne peut pas se lever, dit Bronia.

— Qui est-ce ?

— Il ne fait pas partie de la classe. Je ne l'ai jamais vu.

Ruth sortit pour voir ce qui se passait. Elle vit un garçon en haillons couché sur un tas de décombres, qui devait avoir entre neuf et treize ans. Il avait les joues creuses, très pâles, et les yeux fermés. Un coq miteux, tout déplumé, était installé près de sa tête et poussait des cris dès que quelqu'un s'approchait.

Ruth chassa l'animal et s'agenouilla près de l'enfant.

— Quelqu'un sait qui c'est ? demanda-t-elle à ceux qui l'entouraient.

Personne ne le savait.

— Il a l'air malade et affamé, dit Ruth. Yankel, aide-moi à le descendre dans la cave. Eva, va lui chercher quelque chose à manger, de la soupe si tu en trouves.

Ils le portèrent jusqu'à la cave et l'étendirent doucement sur les sacs. Au bout d'un moment il ouvrit les yeux.

— Où est Jimpy ? demanda-t-il.

— Nous irons le chercher après, dit Ruth. Tu as dû t'évanouir. Tu seras remis dans une minute.

— Je veux Jimpy, répéta l'enfant.

— Peut-être que c'est le nom du coq, dit Bronia.

— Yankel, va chercher le coq, ordonna Ruth.

— Ça ne risque pas ! Il m'a mordu deux fois, répondit Yankel.

Ruth s'apprêtait à aller le chercher elle-même, quand le coq apparut brusquement dans le trou du mur, poussant des cris ; il battit ses ailes poussiéreuses et s'abattit à côté du garçon.

— Jimpy, Jimpy ! dit celui-ci, et il tendit les bras vers ce coq misérable.

— C'est un beau coq et il a un beau nom, dit Ruth. Comment t'appelles-tu ?

— Je l'dirai pas, jeta le garçon

— Regarde, Eva t'a apporté de la soupe,

dit Ruth. Tu vas tout de suite te sentir mieux. Assieds-toi et bois.

— Il ne veut pas nous dire son nom, confia Bronia à la foule qui attendait à la porte.

Une fille se fraya un chemin parmi les enfants et s'approcha de Ruth. Elle avait quelque chose à la main.

— J'ai trouvé ça dans la rue où il était couché, dit-elle. Je pense que ça lui appartient.

C'était une petite boîte en bois.

Bronia s'en empara.

— C'est lourd et ça fait du bruit. Il doit être riche, cria-t-elle. Ruth, on peut défaire la ficelle ?

— Donne-lui sa boîte, dit Ruth. Personne n'y touchera sans lui en demander la permission.

Le garçon prit sa boîte et sourit. Tout le monde voulait regarder ce qu'il y avait dedans, mais il refusa de l'ouvrir. Cependant il leur dit son nom. Il s'appelait Jan.

9

La sentinelle russe

Pendant plusieurs jours Jan fut trop malade pour pouvoir repartir. Il avait besoin de repos, de chaleur, et d'une nourriture régulière. Les enfants chapardaient ce qu'ils trouvaient — c'était plus facile maintenant, avec les Russes — et ils laissaient Ruth s'occuper de Jan. Celui-ci avait enveloppé sa boîte en bois dans un morceau de jute, dont il se servait comme oreiller, et il restait étendu par terre, très content. Jimpy, le coq, veillait sur lui comme un garde du corps, et Ruth était la seule personne qu'il laissât approcher.

Quand il fut rétabli, il ne voulut plus repartir. Il s'installa donc avec Ruth et Bronia et devint un membre de la famille. Bronia était très curieuse de savoir ce qu'il y avait dans la boîte en bois, mais Jan ne l'ouvrait jamais. Et il la transportait partout où il allait, aussi personne d'autre n'avait l'occasion d'y toucher.

Quelques rues plus loin se dressait une baraque toute neuve ; c'était un poste de contrôle russe. Ruth alla s'y présenter un après-midi.

— Ne reste pas là à me regarder fixement, fillette, dit la sentinelle bourrue qui montait la garde.

— Je ne suis pas une fillette. Je vais avoir dix-huit ans dans une semaine, dit Ruth. Et je veux voir votre officier.

— Tout Varsovie veut voir mon officier. Va jouer plus loin.

— C'est très important.

— Va-t'en.

Ruth se mit en colère.

— Vous n'avez pas de problème, vous. Vous avez de quoi boire et manger, des vêtements chauds, et un lit. N'êtes-vous pas venus ici pour nous libérer ? Conduisez-moi à votre officier.

La sentinelle rit.

— Bon, comme c'est ton anniversaire la semaine prochaine, je vais faire un effort. Mais ça m'étonnerait beaucoup qu'il te reçoive.

Il disparut à l'intérieur.

Il sortit quelques instants après.

— Le lieutenant te demande de revenir dans deux ans, déclara-t-il.

Mais avant qu'il n'ait compris ce qui se passait, Ruth l'avait bousculé et était entrée dans le poste.

Un lieutenant à l'air soucieux était assis devant un bureau et tapait à la machine.

— Eh, petite effrontée, sors d'ici ! cria la sentinelle.

— Je m'en charge, Ivan, dit le lieutenant, et la sentinelle sortit en jurant à mi-voix.

— Vous êtes une jeune personne très décidée, observa le lieutenant.

— Je ne suis certainement pas une petite fille, protesta Ruth.

— Qu'est-ce que vous voulez ?

— Je veux de la nourriture, des vêtements, des couvertures, des crayons et autant de papier que vous pouvez m'en donner. J'ai seize enfants...

Le lieutenant eut l'air suffoqué et faillit tomber dans la corbeille à papier.

— Dix-sept, en comptant celui qui est perdu. Lui, il est vraiment à moi — c'est mon frère Edek. Et il y a ma sœur Bronia. Les autres sont simplement mes élèves. Ils sont à moitié affamés et ils n'ont rien pour écrire. Et je veux que vous m'aidiez à retrouver Edek. Ça fait plus d'un an qu'il a disparu.

— C'est tout ce que vous attendez de moi ? dit le lieutenant. Il agita un épais carnet. Vous voyez ce dossier ? Il est rempli de noms de personnes disparues, il y en a dix par page. Tout Varsovie a disparu. C'est sans espoir.

— Un nom de plus ne changera pas grand-chose, dit Ruth.

— Je pourrais aussi bien brûler le tout, pour ce que ça sert.

— Oh ! ne faites pas cela, dit Ruth. Je vois que les feuilles ne sont écrites que d'un côté. Donnez-les-moi, nous pourrons utiliser l'envers pour écrire.

Le lieutenant éclata de rire, et Ruth se joignit à lui.

— Asseyez-vous, dit-il, je vais constituer votre dossier. Mais je vous préviens, ça ne donnera rien.

Il lui dit de revenir le lendemain.

Ce qu'elle fit, et elle trouva une livre de sucre, une livre de farine, et six couvertures qui l'attendaient.

— C'est plus que vous n'en méritez, jeune fille effrontée, dit Ivan. Signez ici. Et mettez votre adresse.

Elle écrivit « Cave bombardée » et lui expliqua où c'était.

Une semaine plus tard, elle prépara un thé d'anniversaire, avec le sucre, la farine, un feu de bois et une boîte de biscuits vide en guise de four. La plupart des enfants étaient invités. Brusquement, elle entendit qu'il y avait une bagarre dehors.

Elle se précipita hors de la cave et vit qu'un enfant attaquait un soldat. Un couteau brilla près du cou de l'homme, et Jimpy poussait des cris et lui donnait des coups de bec dans les chevilles.

— Jan, lâche immédiatement ce couteau ! cria-t-elle. Lâche-le — tu m'entends ?

Elle se jeta dans la mêlée. Ils roulèrent tous par terre, mais elle avait saisi le poignet de Jan et elle réussit à lui faire lâcher son arme.

— Charmant accueil, dit Ivan, la sentinelle, en ramassant sa casquette et en l'époussetant. Il essaya de la remettre sur sa tête, mais le coq sauta sur son épaule et lui donna un coup de bec dans l'oreille.

Ruth chassa Jimpy, puis ramassa le couteau.

— Tu ne comprends pas, Jan, que ce sont des amis ? dit-elle.

— Ce sont des soldats, répondit le garçon d'un air buté.

— Ce sont des soldats russes, pas des nazis. Ils sont venus nous libérer et veiller sur nous.

— Je déteste les soldats. Ils sont tous les mêmes, dit Jan. Je les déteste.

— Je suis désolée pour lui, Ivan, dit Ruth. Il est aussi mal élevé que Jimpy. Entrez. Nous allons célébrer une petite fête. Viens, Jan.

Tout le monde entra sauf Jan, qui resta dehors à bouder.

— J'ai choisi le bon jour pour ma visite, petite fil... jeune fille, dit Ivan. Ma parole, un anniversaire ! Je suis trop vieux pour fêter le mien !

— Vous avez le siège d'honneur, Ivan, dit Ruth. Et elle le fit asseoir sur une caisse.

Ivan s'assit — et se releva immédiatement, en se frottant le derrière.

— Cinq centimètres de clou rouillé ! Je n'apprécie guère ce genre d'honneur, dit-il. On ne t'a jamais appris à te servir d'un marteau ?

— Je n'ai pas de marteau, je me sers d'un bout de brique, répondit Ruth.

Elle ramassa une brique cassée par terre

et enfonça le clou fautif pour que Ivan pût s'asseoir sans risquer de se blesser encore.

— Je vous ai apporté un cadeau, dit Ivan, après s'être installé confortablement. Ce n'est pas grand-chose. Mais mes enfants adorent ça. Une barre de chocolat.

— C'est quoi, le chocolat ? demanda Bronia, tandis que Ruth le remerciait.

Bronia n'était pas la seule à poser cette question. Ils étaient quinze dans la cave. Ruth divisa la barre en quinze.

— Chacun aura une miette seulement, dit Ivan. Ça ne leur dira pas ce que c'est. J'aurais dû en apporter plus. Mais je ne suis pas venu pour vous apporter du chocolat. J'ai des nouvelles pour toi, petite fil... jeune fille. Nous avons retrouvé votre frère Edek. Il est dans un camp de transit à Posen.

Ruth se jeta à son cou.

— Que dirait ma femme si elle me voyait à présent ? dit Ivan, et il déposa un baiser bruyant sur la joue de Ruth.

Puis il redevint sérieux.

— Bien sûr, j'ai dû m'en occuper moi-même. Si le lieutenant s'en était chargé, cela n'aurait rien donné. Il lui tendit un morceau de papier avec le nom du camp. Et voilà quelque chose qui risque de vous servir. Il lui donna une liasse de papier machine et une boîte de crayons.

Bronia battit les mains de joie.

— Je vais faire des tas de dessins de toi, Ivan. Je vais te dessiner par terre, assis sur le clou, avec le coq qui te donne un coup de bec dans l'oreille...

Puis elle ajouta :

— Tu as acheté tout ça toi-même ?

— Ce n'est pas comme ça qu'on fait à l'armée, dit Ivan.

— J'espère que vous ne l'avez pas volé, dit Ruth.

— Ce n'est pas non plus le mot que nous employons, dit Ivan. J'ai fait un peu d'ordre, voilà tout. Ça vous rend service, et ça rend service au lieutenant parce qu'il n'a plus besoin de s'épuiser à taper à la machine.

— Ne le dites pas à Jan, dit Ruth. C'est un terrible voleur, et ça ne ferait qu'empirer les choses.

A ce moment elle vit Jan à la porte. Il sanglotait.

— Remets-toi, petit, dit Ivan. Je t'ai pardonné, même si tu as envie de me couper la tête pour la garder en souvenir.

Mais il y avait quelque chose que Jan ne *lui* avait pas pardonné. Il tendit sa petite boîte en bois. Elle était en morceaux.

— Vous avez roulé dessus, sale brute, et vous l'avez cassée, se plaignit-il.

— Je vais la réparer, promit Ivan.

Jan secoua fièrement la tête.

— Jan, tu ne peux pas t'arrêter de haïr un moment ? demanda Ruth.

Comme Jan serrait les morceaux brisés contre sa poitrine, un objet tomba sur le sol. C'était le poignard d'argent que Joseph lui avait donné plus de deux ans auparavant.

Ruth le ramassa et l'examina très attentivement. Ce dragon sur la poignée de cuivre lui paraissait vaguement familier... Où l'avait-elle vu ? Puis brusquement elle se rappela que son père l'avait offert à sa mère comme cadeau d'anniversaire la dernière année avant la guerre. Alors elle se mit elle aussi à sangloter.

— Une vraie fontaine ! dit Ivan, troublé et gêné. Ça commence par « tue-moi », ensuite c'est « embrasse-moi », et puis on fond en larmes ! Excusez-moi, je vais chercher mon parapluie.

Et il retourna à son poste de contrôle, se demandant que penser de tout ça.

10

Ivan continue
d'aider les enfants

Cette nuit-là Ruth et Jan parlèrent très tard pendant que Bronia dormait. Il y avait tant de choses qu'elle voulait savoir sur son père, et Jan lui raconta le peu dont il se souvenait. Pourquoi n'avait-il pas parlé plus tôt ? Son père lui avait sûrement dit les noms de ses enfants. Mais Jan les avait oubliés. La guerre a une étrange influence sur les gens. Ces mois de tension avaient effacé de son esprit la plupart des détails de sa rencontre avec Joseph. Mais il se rappelait deux choses — l'expression déterminée du visage de Joseph, et le nom du pays où il se rendait, la Suisse.

Ruth resta éveillée, à réfléchir, longtemps après que Jan se fut endormi. Ils avaient retrouvé la trace d'Edek. Son père s'était évadé de prison et Jan l'avait vu en vie, libre. Comme leur vie allait changer maintenant ! Mais elle se sentait très troublée — il s'était passé tant de choses en si peu de temps.

Le matin elle avait bien réfléchi et elle

savait ce qu'elle devait faire. Elle expliqua la situation à Bronia.

— Nous devons quitter Varsovie pour de bon et trouver papa, dit-elle.

— Et maman aussi ?

— Oui, maman aussi. Il faut que nous allions en Suisse.

— C'est où ?

— A des millions de kilomètres, dit Jan. Et tu devras marcher sans chaussures.

— On fera une partie de la route à pied, dit Ruth. Mais Ivan nous donnera des chaussures et on voyagera aussi en camion et en train. Ça ne sera pas trop dur maintenant que c'est le printemps, et l'été ce sera très agréable de dormir à la belle étoile. Nous irons d'abord à Posen. Ce n'est pas un trop grand détour, et Posen n'est qu'à deux cent trente kilomètres. Nous pourrons mendier notre nourriture, comme maintenant.

— Je volerai, dit Jan. Je me charge du ravitaillement.

— Je suis heureuse que tu veuilles venir avec nous, Jan, dit Ruth. Nous avons besoin de toi pour nous protéger.

— J'ai mon couteau, ajouta Jan.

— Ce sera très utile si tu t'en sers intelligemment, dit Ruth.

Elle alla voir Ivan pour lui expliquer la situation et lui demander des chaussures.

— Je vais vous apporter tout ce que je peux, dit-il, mais attachez ce coq la prochaine fois que je viendrai vous rendre visite.

Il vint la semaine suivante avec des chaussures pour chacun. Ils le virent arriver, et Ruth dit à Jan d'attacher Jimpy. Il ne voulait pas le faire, mais il obéit quand même.

— Salut, mes petits crève-la-faim ! dit Ivan. Vous n'avez pas grossi depuis la dernière fois. Pourquoi ne pas le mettre dans la casserole ?

— Mettre qui dans la casserole ? demanda Ruth.

Ivan tendit le pouce vers Jimpy, le coq, qui s'étranglait presque en essayant de se dégager de la ficelle.

— C'est mon ami, s'écria Jan avec indignation. Je ne mange pas mes amis.

— Je reconnais qu'il est un peu squelettique. Il ne donnera pas beaucoup de jus. Une puce écrasée serait meilleure à manger.

Jan porta la main à son couteau.

Ivan le vit et dit aussitôt :

— Très juste, Jan. Même si nous avons très faim, ce n'est pas une raison pour manger nos amis. Toi et moi nous sommes des amis, n'est-ce pas ? Et tu ne penserais jamais à me faire cuire dans une casserole. Voilà du chocolat, pour que tu deviennes aussi gros que moi.

Il mit la main dans sa poche, mais il n'y trouva rien. Il vit alors que Jan était déjà en train de manger le chocolat.

— Ah c'est comme ça, hein ? dit Ivan. Je t'ai aussi apporté autre chose, que j'ai fabriqué moi-même. Mais j'ai changé d'avis. Je vais le garder.

— Je l'ai, répondit Jan.

Il sortit de dessous son siège un coffret en bois, très joli, avec les lettres J A N tracées à la flamme sur le couvercle.

Ivan eut l'air si stupéfait que Ruth ne put s'empêcher de rire. Mais elle était en colère contre Jan.

— Si tu ne dis pas merci, je vais le casser, menaça-t-elle.

— Merci, jeta Jan.

— Espèce d'animal, dit Ruth. Je crois que nous ne pourrons pas t'emmener.

— Vous ne pouvez pas m'en empêcher, répondit Jan.

— Reprenez ces chaussures, Ivan, dit Ruth en lui tendant les souliers qu'il avait apportés pour Jan. S'il vous plaît, mettez-les sous clé, et ne les lui donnez que lorsqu'il se sera excusé.

Ivan repartit donc avec les chaussures.

Jan était obligé d'aller pieds nus maintenant. Les chiffons dont il avait enveloppé ses pieds pendant l'hiver étaient usés. Il supporta le froid, la saleté et les pierres pointues pendant une semaine entière avant de se résoudre à aller présenter ses excuses. Il alla au poste de contrôle les pieds en sang, en sanglots, sincèrement repentant. Il laissa à Ivan un cadeau de réconciliation — l'un des trésors de sa boîte en bois, qui avait pour lui beaucoup de prix. C'était un lézard mort, tout desséché. Et il revint avec ses chaussures aux pieds.

Il est peu probable que Ivan attachât autant de prix au lézard que Jan. Qu'advint-il du cadavre après le départ de l'enfant ? Seul Ivan le sait.

11

La route de Posen

Le printemps s'épanouissait lorsque Ruth, Jan et Bronia quittèrent Varsovie pour entamer la première étape de leur long voyage pour la Suisse. Le ciel était clair, le soleil brillait. Les oiseaux avaient fait leur nid dans les ruines (il n'y avait plus d'arbres maintenant) et ils chantaient.

Les enfants n'emportaient presque rien, sauf les provisions d'une journée, deux couvertures, la boîte en bois avec le poignard d'argent, et le coq, Jimpy. Ruth avait attaché les couvertures sur son dos. Jan portait sa boîte sous un bras, et le coq sous l'autre. Ruth avait donné tout le reste à ses élèves.

Ils allèrent d'abord au poste de contrôle pour dire au revoir à Ivan. Mais il n'était pas là, et elle dut laisser un message. Elle fut désolée de ne pas le voir car il s'était montré extrêmement gentil avec eux.

Une famille passa, tirant une charrette à bras. Ils transportaient un lit tordu, deux tiroirs d'armoire, un ballot de vêtements, et un bébé endormi.

— Où est la route de Posen ? demanda Ruth.

— Suivez-nous, répondirent-ils.

Les enfants leur emboîtèrent le pas dans une rue étroite, au milieu des ruines qui fumaient. Aucun immeuble n'était resté debout. Les nazis avaient tout fait sauter avant de partir.

Quand ils parvinrent à un carrefour, ils se dirent au revoir et prirent la route principale qui sortait de la ville en direction de l'ouest. Il y avait une foule de réfugiés dans les deux sens — peu importait quel sens, l'essentiel pour eux, semblait-il, était d'avancer. Ils avaient tous la même expression hébétée. Le cœur de Ruth s'emplit de pitié quand elle vit ces vieillards hagards, ces femmes voûtées, ces enfants aux yeux brillants. Mais cela ne troubla pas son assurance, car elle avait de l'espoir, elle poursuivait un but et savait où elle allait.

— J'aimerais bien qu'on trouve un stop, dit Jan. Jimpy en a assez d'être porté, et il n'aime pas marcher.

Les camions qui les dépassaient étaient tous pleins, presque toujours de soldats.

— J'aime marcher, dit Bronia.

Elle était fière des chaussures que lui avait données Ivan. Très peu de réfugiés avaient des souliers.

Mais dans l'après-midi elle se sentit fatiguée et elle fut contente qu'un camion à moitié vide s'arrêtât pour les prendre. Ils s'assirent à l'arrière, au milieu des bidons d'huile et d'essence, et ils mangèrent les provisions qu'ils avaient emportées dans leurs poches.

Ils étaient maintenant en pleine campagne. Les champs étaient jonchés d'épaves — des chars abandonnés, des tranchées, des douilles, des éclats d'obus, des barbelés rouillés enchevêtrés. Dans certains endroits des paysans creusaient la terre, mais la plupart des champs étaient en friche car personne ne s'en occupait plus.

Lorsque le camion les déposa la nuit tombait, ils avaient déjà fait plus de cent kilomètres. Fatigués, reconnaissants et pleins d'espoir, ils dormirent dans une ferme abandonnée.

— Peut-être que demain nous serons à Posen, dit Ruth, se blottissant sous sa couverture à côté de Bronia.

— Nous allons voir Edek ? demanda celle-ci.

— Oui, nous allons le voir, affirma Ruth.

Elle étreignit Bronia, et ils s'endormirent.

Mais le lendemain ils ne trouvèrent pas de stop. Tous les camions étaient pleins, et le soir ils n'avaient fait que trente kilomètres. Bronia avait des ampoules aux pieds, Jan était de mauvaise humeur, et Jimpy était abruti par la marche et les secousses. Il ne ferait pas long feu. Ruth s'était attendue à des ennuis de ce côté-là mais elle savait que si elle avait obligé Jan à le laisser il aurait refusé de venir.

L'après-midi du quatrième jour ils parvinrent à Posen. La ville n'était pas aussi plate que Varsovie, car certains immeubles tenaient encore debout.

Au premier poste de contrôle Ruth présenta la feuille de papier que lui avait donnée Ivan, avec le nom et l'adresse d'Edek. On la dirigea vers une grande bâtisse au bord du fleuve, qu'ils eurent beaucoup de mal à trouver. Et quand ils la découvrirent enfin — un grand baraquement tentaculaire, avec une façade croulante et une cour sinistre — ce ne fut pas la fin de leurs ennuis. Les Russes avaient pris possession de l'endroit au cours des derniers jours, chassant les Polonais, et c'était la pagaille. Elle entra seule dans le bâtiment, laissant les enfants dehors. La secrétaire était nouvelle et ne réussit pas à retrouver le dossier d'Edek.

— Il doit être ici, dit Ruth. Quand je l'ai appris, je vous ai écrit pour annoncer notre arrivée.

— La poste ne marche pas, répondit la femme.

— J'ai envoyé ma lettre par l'armée, dit Ruth.

Tandis que la secrétaire cherchait dans un autre fichier, Ruth décrivit son frère avec précision.

— Vous avez dit Edek Balicki ? demanda un homme qui passait dans le couloir encombré. Il portait une blouse blanche et avait un stéthoscope autour du cou. Je l'ai envoyé au camp Warthe pas plus tard qu'hier, avec les autres malades tuberculeux.

Le poignard d'argent

Ruth essaya de le questionner, mais il était déjà parti.

— Le camp se trouve seulement à deux kilomètres, en descendant le fleuve, dit la secrétaire. Restez un moment et mangez quelque chose ! Vous avez l'air terriblement fatiguée et affamée.

Mais Ruth refusa, à cause des deux enfants qui l'attendaient dehors. Edek était donc malade. Elle devait se dépêcher de le retrouver.

Il faisait nuit quand ils franchirent le pont et arrivèrent aux portes du camp Warthe. Ruth portait Bronia, qui dormait. Jan portait Jimpy, qui n'était plus qu'une forme inerte. Ils ne voyaient pas les bâtiments. Quelqu'un les conduisit dans une entrée mal éclairée. C'était sinistre, d'un calme mortel, cela sentait la maladie. Edek avait toujours été si vif, débordant de santé. Ruth ne pouvait l'imaginer ici.

Ils n'eurent pas besoin d'attendre longtemps pour avoir de ses nouvelles. Il était inutile d'aller fouiller dans les dossiers. L'homme qui leur parla se souvenait bien d'Edek.

— C'était un enfant sauvage, il n'a pas voulu rester chez nous, dit-il, et il semblait las et amer à la fois. Edek s'est enfui ce matin. Je ne sais pas où. Nous n'avions pas le temps de lui courir après. Il y a ici tant d'enfants qui ont besoin de notre aide. Nous ne pouvons perdre notre temps avec ceux qui n'en veulent pas.

12

La main

Le village de Kolina se trouvait au nord de Posen. Un chemin sableux y menait à travers champs. Il était noir de monde, surtout d'enfants, car le bruit courait qu'une grande roulante venait d'être installée au village, et qu'un service de secours s'était mis au travail.

Ruth, Bronia et Jan s'y dirigèrent en partie dans l'espoir d'y trouver de la nourriture et un endroit où se reposer, mais aussi parce que tout le monde y allait et qu'ils se laissèrent emporter par le mouvement. Ils n'avaient aucune raison de traîner à Posen, et Ruth n'avait pas envie de prendre tout de suite le chemin de la Suisse, avant d'avoir retrouvé Edek.

En s'approchant, ils furent accueillis par des bruits de marteaux, des rires et des cris. Des baraques de bois se construisaient partout au milieu de la verdure. Une bétonnière tournait et des ouvriers montaient les fondations, tandis qu'un peu plus loin des Russes s'affairaient pour préparer à manger.

Un employé des services de secours séparait les gens au fur et à mesure de leur arrivée. On emmena les trois enfants dans un champ isolé des baraques par une corde tendue, où étaient groupés de jeunes garçons et filles, dont la plupart restaient assis par terre sans rien dire.

— Nous sommes en train de préparer le repas, leur dit-on. Bientôt ce sera votre tour.

Au son d'un clairon on les dirigea vers une queue silencieuse, affamée, qui avançait lentement vers les cuisines.

Comme ils approchaient, Ruth respira l'odeur chaude et réjouissante de la soupe. Elle regarda le cuisinier qui s'activait, une louche à la main, le visage jovial au-dessus de sa casserole fumante.

— La guerre est finie, je vous le dis. Des armées russes ont rencontré les Américains sur l'Elbe. L'Allemagne est fichue. Une sacrée nouvelle, non ? Je ne sais pas ce qui ne tourne pas rond chez ces gosses. Ils devraient être contents qu'on leur annonce que la guerre est finie, mais ils n'ont pas l'air de m'entendre. Eh toi, petit, avec ta girafe malade — oh ! c'est un coq, hein ? Il m'a l'air bien mal en point — tu n'es pas content qu'il n'y ait plus de bombes qui nous tombent dessus ?

Mais Jan pensait au bol qu'il tendait vers

la louche, le serrant très fort dans ses mains.

— Voilà encore un morceau pour ton copain, dit le cuisinier. Espérons que ça le remettra et qu'il aura envie de chanter. Sinon, donne-le-moi, j'en ferai de la soupe. Au moins deux cuillerées. Au suivant, s'il vous plaît.

Quelqu'un glissa un morceau de pain dans la main de Jan, et il continua d'avancer, buvant sa soupe en se hâtant de dépasser les cuisines pour trouver un coin où s'asseoir.

— Eh, regarde où tu vas, cria quelqu'un.

Jan fit un faux pas et tomba, agrippant son bol d'une main, tendant l'autre pour amortir sa chute, lâchant Jimpy. Le bol heurta une pierre et se brisa. La soupe se répandit dans la poussière. Des petits morceaux de viande, de pain et de légumes, encore reconnaissables, se trouvaient éparpillés tout autour.

Jusqu'alors, l'opération s'était déroulée en silence. Seuls les cuisiniers et les aides avaient semblé éprouver le besoin de parler.

En quelques secondes, tout le monde perdit la tête. Le spectacle de la nourriture gaspillée fit sortir les enfants de leurs gonds. Ils quittèrent brusquement la queue et se précipitèrent en avant comme des sauvages affamés. Jan se trouva au centre d'une bagarre. Même Ruth s'était lancée dans la mêlée et se battait avec les autres, malgré elle. Elle ne pensait pas à la nourriture mais à Bronia — que lui arriverait-il dans la bousculade ?

Cette ruée soudaine prit les soldats et les employés par surprise. Ils firent ce qu'ils purent pour rétablir l'ordre. Mais c'était comme si un barrage avait cédé, et ils ne pouvaient qu'attendre l'apaisement des eaux.

Jan, très sale et meurtri, fut le dernier à se relever. Jimpy resta inerte, le cou brisé. L'enfant était trop étourdi pour comprendre ce qui s'était passé.

Les morceaux du bol avaient été écrasés sur le sol. Il ne restait aucune trace de la nourriture renversée. Puis un moineau repéra une miette de pain, une seule, et, fondant sur elle, l'emporta sans être vu de personne.

Quelqu'un prit le bras de Jan et le fit asseoir, lui mettant un nouveau bol de soupe fumante dans les mains.

Où était Bronia ?

Par chance, elle avait échappé à la mêlée. Le cuisinier, qui était en train de la servir à ce moment-là, l'avait attrapée et tenue à l'abri. C'était aussi bien, car elle était la plus petite de tous.

Et Ruth ?

Les enfants avaient roulé sur elle, quelqu'un avait posé le pied sur ses cheveux, et elle n'avait pas réussi à tourner la tête. Elle avait tendu une main aveugle vers sa nourriture mais n'avait trouvé qu'une autre main. Pour une raison ou une autre elle s'y était cramponnée, et quand tout le monde s'était relevé autour d'elle, délivrant ses cheveux, elle ne l'avait pas lâchée. Quand elle regarda pour voir à qui appartenait cette main, elle découvrit que c'était celle d'Edek.

13

Voyage dans les glaces

Une partie de la gare de chemin de fer subsistait encore, et la voie était réparée. Bien entendu il n'y avait plus d'horaires, mais quelques trains allaient jusqu'à Berlin, à trois cents kilomètres à l'ouest — arrivant toujours avec d'énormes retards.

Dans l'un de ces trains montèrent Ruth, Edek, Jan et Bronia. Avec une foule de réfugiés cramponnés aux fenêtres, debout sur les marchepieds, couchés sur les toits des wagons. La famille de Ruth se trouvait dans l'un des wagons découverts, qui était froid mais moins encombré.

— Je n'aime pas ce wagon, dit Bronia. On est trop secoués.

— Chaque secousse nous rapproche de la Suisse, dit Ruth. Si tu vois les choses comme ça, ça ira mieux.

— On ne peut pas s'étendre.

— Appuie ta tête contre moi et essaie de dormir. Là, c'est mieux.

— Je préfère ce wagon aux autres, dit Jan. Il y a un poêle et on peut gratter la poussière de charbon par terre. C'est pourquoi je l'ai choisi. Quand il fera nuit ils allumeront un feu et nous aurons chaud.

— Le poêle se trouve à l'autre bout. D'ici on ne sentira pas la chaleur, dit Bronia.

— Arrête de râler, Bronia, dit Ruth. On a beaucoup de chance d'être dans ce train. Des centaines de gens sont restés à Posen. Ils devront peut-être attendre des semaines entières.

— Edek a eu de la chance de pouvoir venir avec nous, dit Jan. Le médecin voulait le renvoyer au camp de Warthe, hein ?

— Il a dit que tu avais besoin d'engraisser, comme si tu étais une poule qu'on va manger à Noël, dit Bronia en riant.

— Le médecin ne l'aurait absolument pas laissé venir, si je n'avais pas discuté avec lui, dit Jan.

— Ils voulaient tous nous garder, n'est-ce pas, Ruth, dit Bronia.

— C'est parce qu'ils voulaient veiller sur nous, répondit Ruth.

Et elle songea avec satisfaction qu'ils avaient tenu bon et réussi à persuader les autorités de les laisser partir. Elle sourit en se rappelant la conversation qu'elle avait surprise ensuite entre le médecin et Mme Borowicz, l'assistante sociale. « Ces enfants veulent absolument partir pour la Suisse — c'est leur terre promise — et nous n'avons pas le pouvoir de les retenir », avait dit Mme Borowicz. Et lorsque le médecin avait remarqué qu'Edek était trop malade et qu'il mourrait en route, elle n'en était pas convenue : « Il est convaincu que son père l'attend à l'arrivée. C'est très peu probable bien sûr, mais ce garçon a une sorte de résolution farouche — qu'ils ont tous — qui le sauve du désespoir, et cela vaut mieux que tous les médicaments que nous pouvons lui donner. Aucune drogue n'aboutira à ce résultat. Nous devons les laisser partir. »

Ruth regarda son frère. Ramassé contre la paroi du wagon, il contemplait les champs qui passaient. Elle ne l'avait pas vu depuis plus de deux ans et demi. Il avait maintenant seize ans, mais il ne faisait pas son âge. Il était si différent de l'Edek qu'elle avait connu. Il avait les joues creuses, les traits tirés, ses yeux brillaient étrangement, comme autrefois ceux de Jan, et il toussait sans arrêt. On avait l'impression qu'il était capable de rester là sans bouger pendant des jours et des jours. Pourtant au camp de Warthe ils avaient dit que c'était un enfant indiscipliné.

Elle regarda Jan. Elle était surprise qu'il se fût montré aussi serviable et aimable depuis la mort de Jimpy dans la mêlée de la roulante. Il avait gardé son chagrin pour lui et n'avait pas fait une seule fois allusion au coq. Ruth voyait qu'il n'était pas encore très à l'aise avec Edek. Sa présence l'irritait-il ? Cela risquait de poser des problèmes, car Edek usurpait dans une certaine mesure la position qu'avait occupée Jan, et celui-ci était de nature jalouse.

Elle regarda Bronia. L'enfant dormait, la

tête sur ses genoux, un sourire sur les lèvres. Rêvait-elle au conte de fées que lui avait raconté Ruth, sur la princesse des montagnes d'airain ? Peut-être dans son rêve *était*-elle la princesse, volant dans le ciel de ses ailes gris-bleu. Et le prince, qui l'avait cherchée durant sept longues années, volerait à ses côtés, et la conduirait dans son royaume des montagnes où ils vivraient toujours heureux. Les contes de fées finissaient toujours comme cela, et Ruth était contente de penser que Bronia était encore assez jeune pour croire que c'était pareil dans la vie.

La jeune fille soupira. Elle appuya sa tête contre la paroi du wagon et s'assoupit.

Et le train, avec son long défilé de remorques et de wagons bourrés à craquer de réfugiés, continuait de rouler en cahotant vers Berlin, dans un énorme fracas.

Le soir le train s'arrêta et fut conduit sur une voie de garage. Tout le monde sortit pour se dégourdir les jambes, mais personne ne s'éloigna, de peur qu'il ne repartît. Quand la nuit tomba et qu'il fit plus froid, ils revinrent s'installer dans les wagons. On gratta la poussière de charbon par terre, on ramassa du bois dehors et le feu se mit à crépiter dans le wagon de Ruth. Les réfugiés se serrèrent autour, tendant leurs mains vers la chaleur.

C'était l'heure des chansons et des histoires. Tandis qu'ils partageaient leurs rares provisions, un jeune homme chanta et sa femme l'accompagna à la guitare. Sa chanson parlait des cigognes qui partent d'Égypte tous les printemps pour venir dans la campagne polonaise, et des villageois qui installent des roues de charrette en haut des arbres et des cheminées pour qu'elles y fassent leur nid. Un imprimeur de Cracovie raconta l'histoire de Krakus qui avait tué le dragon, et de sa fille qui avait refusé d'épouser un prince allemand. D'autres, riant et évoquant leur propre expérience, dirent comment ils avaient miraculeusement échappé aux nazis.

— J'ai voyagé pour rien sur le toit d'un camion nazi, raconta l'un. On ne m'a découvert qu'au bout de cent kilomètres. Un tireur isolé m'a repéré du haut d'un pont de chemin de fer mais il a mal visé et je me suis enfui dans des buissons. Le chauffeur a été si énervé par les coups de feu qu'il a foncé sur le pont, et il y est resté.

Un autre passager raconta un long voyage sur le toit d'un train.

— J'ai une bien meilleure histoire, intervint Edek.

Tout le monde se retourna pour regarder le garçon affalé au fond du wagon. C'était la première fois qu'il ouvrait la bouche.

— Je vous la raconterai si vous me faites une place près du feu, dit-il. Et à mes sœurs. Et aussi à Jan. On gèle ici.

Ils s'écartèrent de bon cœur pour permettre à la famille — c'étaient les seuls enfants du wagon — de se glisser près du feu. Ruth portait Bronia, qui ne se réveilla pas, et elle se blottit tout près du poêle. Jan s'assit en face, le menton posé sur les genoux, les bras noués autour. Edek resta debout, le dos appuyé contre la paroi du wagon. Quelqu'un ouvrit la grille du poêle pour y jeter une bûche, une gerbe d'étincelles jaillit, et les flammes éclairèrent un instant son visage pâle.

— On m'a pris alors que je passais du fromage à Varsovie, et on m'a envoyé en Allemagne comme travailleur de force, dans une ferme près de Guben. Les forçats venaient de tous les coins d'Europe, c'étaient surtout des femmes et des garçons de mon âge. L'hiver il fallait extraire la tourbe pour engraisser la terre. On travaillait toute la journée, depuis l'aube jusqu'à la tombée de la nuit. Au printemps on semait — surtout des choux. Au moment de la récolte on remplissait des cageots de grosses têtes de choux blancs et ils partaient pour la ville. Nous nous nourrissions des feuilles extérieures — elles avaient un goût amer. J'ai essayé de m'enfuir, mais ils m'ont toujours rattrapé. L'hiver dernier, quand la guerre a mal tourné pour les nazis et que la pagaille a commencé, j'ai réussi à m'évader. Je me suis caché sous un train, sous un wagon à bestiaux, et je me suis allongé sur l'essieu en tendant les bras et les jambes.

— Quand le train s'est ébranlé, tu es tombé, dit Jan.

— Après je me suis dit que cela aurait mieux valu, répondit Edek, c'est-à-dire, jusqu'au jour où j'ai retrouvé Bronia et Ruth.

J'ai réussi à me cramponner je ne sais comment et je suis rentré en Pologne gratuitement.

Jan rit avec mépris :

— Pourquoi tu ne voyages pas de la même façon dans ce train-ci ? Comme ça on aurait plus de place !

— Je ne pourrai jamais recommencer, dit Edek.

— Sûrement, répondit Jan, et il jeta un regard dédaigneux aux bras décharnés et aux poignets osseux d'Edek. Tu as tout inventé. Il n'y a pas de place pour se cacher sous un wagon. On ne peut s'accrocher à rien.

Edek l'attrapa par l'oreille et le mit debout.

— Tu as déjà regardé sous un wagon ? demanda-t-il.

Et il décrivit le dessous d'un wagon de chemin de fer avec des détails si convaincants que seul Jan eût osé contester l'exactitude de son témoignage. Les deux garçons en vinrent aux coups, mais l'imprimeur obligea Jan à se rasseoir et on cria :

— Laissez-le finir son histoire !

— Tu serais tombé comme une prune pourrie au premier choc, cria Jan par-dessus le vacarme.

— C'est ce qu'on pourrait croire, lui répondit Edek en criant aussi fort. Mais si tu la fermes, je vais t'expliquer pourquoi ça ne s'est pas passé comme ça. Quand le calme fut revenu, il reprit son récit. Étendu sur le ventre, j'ai trouvé le paysage plutôt monotone. Ça me donnait le vertige. J'ai dû garder les yeux fermés. Et les secousses ! En comparaison, le plancher de ce wagon est doux comme un édredon. Et puis le train a traversé une flaque d'eau. Plus qu'une flaque d'eau : ça devait être une inondation, car j'ai été éclaboussé et trempé jusqu'aux os. Mais cette eau-là m'a sauvé. Après ça, même si j'avais voulu me décrocher, je ne l'aurais pas pu.

— Pourquoi ? demanda Jan, impressionné.

— L'eau a gelé sur moi. Je me suis transformé en glaçon. Quand le train s'est enfin arrêté dans une gare, j'étais entièrement pris dans les glaces. J'ai entendu des voix polonaises sur le quai. J'ai compris que nous avions franchi la frontière. Ma voix était la seule partie de moi qui n'avait pas gelé, aussi j'ai crié. Le chef de gare est venu et il m'a dégagé à coups de hache. Il m'a enveloppé dans des couvertures et m'a emporté dans la chaufferie pour que je dégèle. Ça m'a pris des heures et des heures.

— Tu n'as pas l'air vraiment dégelé, lança l'imprimeur, qui lui jeta une croûte de pain.

D'autres voix s'élevèrent : « Donnez-lui une couverture. » « Une histoire incroyable, mais il a gagné une place près du poêle pour la nuit. » « Une autre histoire ! Une qui nous fasse oublier. » « Avec un peu d'amour ! »

Au bout d'un moment les histoires s'épuisèrent. Quand tout fut tranquille, et que les réfugiés, entassés comme des sardines sur le sol du wagon, se furent endormis sous les étoiles glacées, Ruth chuchota à Edek :

— C'était vrai ?
— Oui, c'était vrai, répondit Edek.
— Cela ne doit jamais recommencer, dit-elle.

Elle lui prit la main — une main froide, bien qu'il fût près du feu — et elle l'étreignit très fort, comme si elle ne voulait plus jamais la lâcher.

14

La ville des réfugiés

Le train atteignit Berlin à la fin mai — au bout de neuf jours d'arrêts et de départs, d'attente sur les voies de garage, de pénible cheminement sur la voie tout abîmée.

La gare était dans un désordre indescriptible, mais tout le monde se réjouit de quitter les wagons exigus. Les gens se déversèrent hors du train et sur les voies, certains disparurent immédiatement dans les ruines poussiéreuses de Berlin. La plupart traînèrent ou s'assirent sur leurs bagages — des centaines d'hommes, de femmes et d'enfants épuisés et inconsolables — dans l'espoir qu'on leur donnerait à manger ou qu'on leur dirait où aller. Quelques employés de l'U.N.R.R.A. apparurent, criant des ordres dans un allemand heurté, cherchant à les convaincre de former une queue. Des chariots remplis de pain se frayèrent un chemin dans la foule, et on servit du lait en bidons aux femmes et aux enfants. Mais c'était le deuxième train de réfugiés de la journée, et il n'y avait plus assez de nourriture.

Affamée, la famille fut dirigée vers un camp de transit non loin de là. Ils quittèrent la gare en criant et en riant, car ils étaient de très bonne humeur. A peine quelques semaines plus tôt ils étaient encore à Varsovie, ils n'avaient retrouvé Edek que dix jours auparavant, et maintenant ils étaient tous réunis et ils avaient déjà fait un tiers du trajet pour la Suisse.

Ils ne paraissaient pas remarquer qu'autour d'eux tout avait été détruit, que des immeubles construits depuis des générations avaient été anéantis. Peut-être était-ce parce qu'ils y étaient trop habitués — Varsovie avait le même aspect. Et puis le soleil brillait, les oiseaux chantaient, et la Suisse était au coin de la rue.

— Personne ne mourra de faim, dit Jan.

Et Ruth comprit à son malin sourire qu'il allait leur prouver qu'il n'avait rien perdu de son habileté. Une longue miche de pain sortait de sa chemise.

Ils se précipitèrent tous pour l'attraper, mais Jan la brandit au-dessus de sa tête et il traversa la rue en courant.

On entendit un coup de klaxon, un crissement de pneus, et une jeep le frôla. Une voix l'injuria dans une langue qu'il ne comprenait pas.

Il se tourna et aperçut la moustache d'un

officier britannique. Il lui fit un pied de nez et poursuivit tranquillement son chemin.

L'officier feignit de ne pas le remarquer et il fit signe à son chauffeur de repartir.

Chacun s'empressa d'oublier l'incident. Mais ils devaient bientôt se rencontrer de nouveau — et dans les circonstances les plus étranges.

En attendant le pain restait au centre de leurs préoccupations. Ils s'assirent tous les quatre au milieu des décombres pour le dévorer.

— Je parie que ça t'a coûté cher, dit Edek d'un ton sarcastique.

— Je l'ai emprunté quand le marchand est passé, répondit Jan.

— En Allemagne on appelle ça *s'organiser*, dit Edek.

Au camp de transit, la nourriture était plus abondante ; c'était un cinéma désaffecté qui semblait abriter la population de tout Berlin. Après avoir avalé quatre assiettées de soupe chacun, ils prirent les couvertures et les paillasses qu'on leur donna et furent dirigés vers un coin obscur de la salle. Là, un drapeau miteux et une inscription sur le mur indiquaient qu'ils se trouvaient en « Pologne ». L'électricité ne marchait pas, et ils n'étaient éclairés que par les lanternes suspendues au balcon, au-dessus d'eux.

Ils virent que la salle tout entière était jonchée de matelas. Ils posèrent les leurs là où ils se trouvaient — dans le *no man's land* entre la « Pologne » et la « Yougoslavie ».

Ce serait leur demeure pendant tout leur séjour à Berlin. Elle était chaude, sèche et confortable, et ils en étaient ravis — surtout Bronia, qui aimait tant entendre des voix polonaises, car cela lui donnait l'impression d'être chez elle. Elle rencontra une enfant de son âge, dont la mère racontait aussi bien les histoires que Ruth, et connaissait un tas de légendes qu'elle n'avait jamais entendues.

Malgré l'entassement des réfugiés dans la salle, tout se passait dans l'ordre et le calme. Sauf aux heures des repas, où ils montaient au balcon, les gens se contentaient de rester étendus sur leurs matelas à fumer, à lire, à bavarder, et à jouer aux cartes. La nuit était si paisible qu'Edek avait honte de tousser et essayait d'étouffer ses quintes sous sa couverture de crainte d'éveiller les dormeurs.

Puis, au petit matin, au moment où les premiers réveillés commençaient à se lever, souffla un vent de panique inattendu.

Près de l'entrée quelqu'un hurla. Des gens s'assirent, se dégagèrent de leurs couvertures, se levèrent, et tendirent le cou pour voir ce qui se passait. Il y eut un mouvement général en direction de la sortie, qui fut presque immédiatement bloqué par un autre groupe venant en sens inverse. Un flot de corps roulèrent au sol et l'espace d'une ou deux minutes on crut au pire. Puis, aussi brusquement qu'il avait commencé, le vacarme s'apaisa, et le calme revint.

— Que s'est-il passé ? demanda Bronia.

— Voici quelqu'un qui va nous le dire, dit Ruth, montrant un nouvel arrivant très excité qui s'approchait en sautant d'un matelas à l'autre et qui atterrit à trois paillasses d'eux.

— Un chimpanzé échappé du zoo ! annonça-t-il hors d'haleine.

Jan fut immédiatement sur le qui-vive :

— Il n'y a pas de quoi avoir peur, dit-il. J'espère qu'il va venir par ici !

— Dieu merci, le monstre s'est enfui, répondit l'homme.

— Oh ! dit Jan.

Il n'aurait pas eu l'air plus déçu si on lui avait annoncé que la Suisse avait été engloutie par un tremblement de terre.

— Les Grecs là-bas lui ont jeté leurs bottes et deux lanternes à la tête. Ils ont un sacré sang-froid.

— Absurde, dit Jan. Le chimpanzé va faire pareil et tout le monde sera blessé.

Il était prêt à continuer la discussion, mais le Polonais installé sur le matelas d'en face lisait à voix haute (ou, plutôt, traduisait) dans un journal allemand un article qui attira toute son attention.

— Un chimpanzé s'échappe du zoo, lut-il. Il circule depuis lundi soir. Le chimpanzé Bistro, qui depuis plusieurs années ravit les visiteurs du Tiergarten par ses amusantes singeries, s'est échappé de sa cage lundi soir. On l'a vu à bord d'un tram dans Adolf

Hitler Strasse, où il a mordu l'un des passagers terrifiés avant de descendre à l'arrêt suivant. La police l'a poursuivi, mais l'animal a escaladé un immeuble abandonné et, dangereusement perché en haut d'un mur qui dominait la rue, il s'est mis à jeter des briques sur tous ceux qui approchaient. Il y était encore à la tombée de la nuit. On a monté la garde toute la nuit, mais l'animal a dû faire faux bond à ses geôliers, car il avait disparu le lendemain matin. Depuis plusieurs personnes ont rapporté l'avoir vu, mais tous les récits se contredisent.

Le lecteur leva les yeux de son journal et découvrit avec surprise que toute la Pologne piétinait son matelas. Flatté, il poursuivit :

— Bistro a été l'un des rares animaux à réchapper sain et sauf du bombardement de Tiergarten. Extrêmement intelligent et habituellement docile, il a une passion pour les cigarettes et semble avoir été très secoué par les mois de bombardement que la ville a connus. Son gardien raconte qu'il a été très difficile de le contrôler à cause de sa mélancolie et de ses accès de violence. Si quelqu'un le rencontre, qu'il prenne garde de ne pas l'énerver et signale immédiatement sa présence à la police.

La foule se dispersa et le journal passa de main en main. Bientôt, encore en assez bon état, il disparut en Yougoslavie.

— C'est une bonne chose que Bistro soit parti, dit Ruth, qui était parvenue à son matelas.

— Jan nous aurait sauvés s'il était resté, dit Bronia.
— Où est Jan ? demanda Edek.
La paillasse de Jan était déserte. Ils le cherchèrent, mais il avait disparu.

15

Jan trouve un nouvel ami

Plus tard dans la même semaine, installé dans le salon d'une maison de Berlin réquisitionnée à son intention, un officier britannique écrivait à sa femme. C'était l'officier dont la jeep avait failli renverser Jan devant la gare.

« Ma chère Jane », écrivait-il, « cela fait maintenant une semaine que mon unité se trouve à Berlin : nous sommes ici pour rencontrer les Russes. Tu n'imagines pas l'état de la ville. D'autres villes ont été détruites par les bombardements, mais pas à cette échelle. J'ai vu des photos du Berlin d'avant — l'une des grandes capitales du monde. Maintenant on dirait plutôt un paysage lunaire, avec des cratères partout, des montagnes de décombres. Le Reichstag et le palais du Kaiser n'ont plus de toit ; Unter den Linden est jonché de débris. Et il se passe sans arrêt les choses les plus étranges. Tu ne me croiras jamais ! J'ai été attaqué par un chimpanzé ! Ne t'inquiète pas — je vais très bien, je n'ai pas été blessé du tout.

« Mercredi, je me trouvais dans ma jeep avec mon chauffeur, en train d'étudier une carte. J'avais une cigarette à la bouche et je m'apprêtais à l'allumer, quand une main s'est glissée sur mon épaule, m'a frappé la bouche et a arraché la cigarette. Je me suis retourné et j'ai vu un chimpanzé qui sautait sur le siège arrière, la cigarette à la bouche. Je n'ai jamais vu une créature aussi répugnante — des bras énormes, une poitrine poilue, aussi large que la mienne, de méchants yeux enfoncés, et la tête d'un boxeur poids lourd. Il aurait pu nous expédier tous les deux au tapis sans problème, mais nous ne sommes pas restés pour lui donner ce plaisir. Nous nous sommes glissés dehors et nous l'avons laissé danser.

« La foule se rassemblait — à distance, bien sûr — et j'ai entendu quelqu'un dire que le chimpanzé s'appelait Bistro, et qu'il s'était échappé du zoo, ou de ce qui en restait après le bombardement. Il portait une chaîne autour du cou, qui n'arrêtait pas de cogner contre le marchepied pendant qu'il sautait. Il avait l'air fou de rage, parce qu'il n'avait pas d'allumettes — ou parce qu'il avait avalé la cigarette et que ça lui faisait mal au ventre. Quand il a été fatigué de sauter, il s'est assis à la place du chauffeur et a commencé à tripoter les commandes.

« Ça m'a donné la frousse. La pente de la rue était drôlement raide, et cinquante mètres plus bas il y avait un cratère de bombe assez grand pour engloutir une église — et seulement isolé par une corde et une planche ou deux. Si la jeep faisait le plongeon, j'étais responsable.

« "Allez, Jim", ai-je dit à mon chauffeur. "Il faut qu'on fasse quelque chose pour empêcher ça." Mais j'avais les genoux qui flageolaient, et Jim aussi, j'en suis sûr.

« Il s'est alors passé quelque chose de très bizarre. Un garçon s'est détaché de la foule, l'un des milliers de gosses qui pullulent dans les ruines — il devait avoir onze ou douze ans mais on ne sait jamais avec ces enfants, ils sont tellement sous-alimentés.

« Je lui ai crié en allemand de revenir, mais il n'a pas compris. C'était un Polonais, Jan, mais je ne l'ai su qu'après. Je l'ai cependant reconnu, car nous avions failli l'écraser dans la rue la veille.

« Il est allé droit sur la jeep, sans avoir peur le moins du monde, et quand il s'est trouvé tout près il a dit d'une voix douce : "Salut, Bistro".

« Le chimpanzé lui a lancé un regard mauvais, mais Jan s'est contenté de sourire. Il a sorti quelque chose d'une petite boîte en bois qu'il avait sur lui, et cela a éveillé la curiosité du singe. C'était une cigarette et des allumettes. Il a tendu la cigarette à l'animal. Puis les allumettes.

« "Ooooh, Hmmm...", a dit Bistro, allumant aussitôt la cigarette, et jetant les allumettes. Il s'est renversé sur le siège du chauffeur, avalant la fumée, l'expirant par le nez, sans quitter Jan du regard. Brusquement il s'est levé et a tendu à l'enfant une main toute rose à l'intérieur. Ensuite il est remonté sur le siège arrière et s'est étendu, croisant les jambes, sans s'arrêter de fumer.

« C'était peut-être l'effet de mon imagination, mais je jure que la jeep a commencé à bouger. Comme un imbécile, je me suis approché par-derrière sur la pointe des pieds, et j'ai crié dans mon meilleur allemand : "Eh, petit, serre le frein — la jeep avance." Il n'a pas compris. J'ai mimé le geste.

« Mais ça n'a pas plu à Bistro. Il s'est rassis en hurlant. Ensuite il a ouvert la boîte à outils, que Jim avait eu l'intelligence de laisser par terre, et il m'a jeté la manivelle à la tête. Ça l'a rendu fou furieux de voir que je l'esquivais, alors d'un geste puissant il m'a lancé la boîte à outils avec tout son contenu. Elle est tombée sur le trottoir, dispersant la foule. Du coin de l'œil j'ai vu le chimpanzé sauter à terre et se précipiter sur moi.

« Je ne sais pas ce qui s'est passé ensuite. J'ai couru comme un fou, au milieu des décombres, de la poussière et de la bousculade, je me suis glissé derrière un mur et j'ai repris ma course, tout essoufflé. Je me suis alors rendu compte que je n'étais plus suivi, et j'ai entendu la voix aiguë du garçon qui grondait le singe.

« Je suis ressorti furtivement dans la rue.

« L'enfant avait trouvé un bâton qu'il brandissait au-dessus de sa tête. Bistro était étendu à ses pieds dans la poussière, se couvrant la tête de ses longs bras, gémissant. J'ignore si le garçon l'avait frappé ou non. J'en doute, car j'imagine que c'eût été aussi efficace que d'essayer de renverser la colonne de Nelson avec un tue-mouches. Mais il l'avait sévèrement réprimandé, ça ne faisait aucun doute. Quand tout a été fini, Bistro s'est rassis prudemment et a commencé à arracher quelques puces de sa poitrine, pour les manger. Il en a offert une à Jan pour faire la paix.

« Alors l'animal a fait quelque chose qui m'aurait épouvanté si je m'étais trouvé à la place de Jan. Il a pris la main du garçon dans la sienne, l'a portée à sa bouche, et lui a mordu le doigt. Jan est resté immobile comme un roc. Un sixième sens que la plupart des gens ne possèdent pas a dû lui faire pressentir ce qui allait se passer. Ce n'était pas une vraie morsure, seulement un coup de dent — et une marque d'amitié entre eux. C'est ce que le gardien a expliqué ensuite. Quand Bistro a en échange donné sa main à Jan, celui-ci a compris ce qu'il devait faire. Il l'a mordu amicalement.

« Ensuite j'ai vu à ma grande surprise Jan qui le conduisait dans la rue au bout de sa chaîne. Sauf que Bistro ne portait pas ses chaînes comme un prisonnier, mais avec fierté, plein de gloire, comme si c'était une chaîne d'huissier.

« Et ce n'est pas la fin de l'histoire ! Jim

avait réparé la jeep et serré convenablement les freins. Il était en train de ramasser les outils éparpillés, et j'ai vu qu'il avait aussi la boîte en bois de l'enfant. Je me suis approché pour l'aider — ou plutôt, pour diriger les opérations, car il n'est pas convenable pour un officier de se mettre à quatre pattes. Je me suis senti ridicule devant tous ces gens. Je savais qu'ils se moquaient de moi.

« J'ai alors remarqué un petit poignard d'argent — une sorte de coupe-papier — qui traînait dans la poussière. Il ne m'a pas paru avoir grande valeur, mais j'ai dit à Jim de le ramasser aussi.

« Deux gardiens du zoo étaient arrivés et ils entraînaient déjà Bistro. Nous avons retrouvé Jan, et Jim lui a rendu sa boîte en bois. Voyant que le couvercle n'était pas fermé il en a vérifié le contenu fébrilement, et il a fondu en larmes. J'ai essayé de savoir ce qui n'allait pas, puis je me suis souvenu du poignard d'argent et je le lui ai montré en lui demandant s'il l'avait perdu. Ses larmes ont cessé et son visage s'est éclairé. Il s'en est emparé avidement, l'a enveloppé et l'a fourré dans sa boîte avec ses autres trésors. Je n'ai pas compris pourquoi il faisait tant d'histoires à propos de ce coupe-papier, mais manifestement il y accordait une grande importance.

« J'ai invité Jan à dîner chez moi — il avait l'air de ne pas avoir pris de vrai repas depuis le jour de sa naissance — et il est arrivé aussitôt en compagnie de trois autres enfants polonais aussi maigres que lui. Par chance le garde-manger de Frau Schmidt, avec ses rations, a été à la hauteur de la situation. L'un d'eux, un garçon de seize ans nommé Edek, qui toussait comme une locomotive, parlait un peu allemand, et il m'a raconté toute leur histoire.

« Ils sont en route pour la Suisse où ils comptent retrouver leurs parents — ils ont quitté Varsovie le mois dernier — et ils sont prêts à faire tout le trajet à pied s'il le faut. Jan ne fait pas du tout partie de la famille. Ruth, l'aînée (elle doit avoir dix-sept ans), l'a ramassé à moitié mort sur un tas de décombres et l'a adopté. C'est une fille remarquable, calme et sûre d'elle, avec des yeux saisissants — il y a dans son regard une profonde sérénité, une détermination et une autorité indiscutables. Ce n'est pas étonnant qu'ils la considèrent comme une mère, et aussi comme leur leader.

« Edek est courageux et intelligent et il a l'air d'avoir beaucoup souffert — il a passé presque deux ans à travailler pour les nazis. Ça se voit sur son visage — un enfant ne devrait pas avoir le visage tiré et ridé comme cela. Je me demande s'il va tenir le coup. La Suisse est très loin.

« C'est Bronia, la plus jeune, qui m'a plu le plus. Les yeux bleus, les cheveux très blonds, elle paraît vivre dans un monde de rêve — comme notre petite Jenny, telle que je la revois le jour de ma dernière permission. Je n'ai pas compris un mot de ce qu'elle disait, et réciproquement, mais nous nous sommes parfaitement entendus. S'ils ne trouvent pas ce qu'ils cherchent — et je crains que ce ne soit un mirage — je me demandais si nous ne pourrions pas... Mais ça ne sert à rien de se dire ces choses-là. Je suis sûr que Ruth ne se séparerait pas de l'enfant, et elle aurait tout à fait raison.

« J'ai récupéré des vêtements et des provisions de l'armée pour eux, et ils sont partis dans l'après-midi en chantant à tue-tête. Ça m'a bouleversé. Demain ils entament l'étape suivante de leur long voyage de mille kilomètres...

« C'est tout, ma chérie. A la semaine prochaine d'autres nouvelles.

« Je t'embrasse très fort, et aussi Jenny.

MARK

« *P.S.* Frau Schmidt a eu le toupet de me réveiller en pleine nuit pour me dire qu'une partie de son argenterie avait disparu, et elle a accusé ces enfants polonais. Ça ne m'a fait ni chaud ni froid. Je les aurais laissés partir avec la moitié de la maison s'il n'avait tenu qu'à moi. Vraiment, ces Allemands ! Ils passent cinq ans à mettre l'Europe à feu et à sang et ensuite ils viennent pleurnicher au milieu de la nuit parce que quelqu'un leur a fauché une cuillère à café.

« Nous avons retrouvé les couverts disparus dans la boîte aux lettres le lendemain matin. Je parie que c'est Jan qui les a pris — je n'ai jamais vu un gamin aussi roublard — et que Ruth l'a obligé à les rendre. Elle a autant d'autorité sur ces enfants que Jan sur le chimpanzé. »

16

Traversée de la zone russe

« Prenez la route de Potsdam et allez tout droit », dit-on aux enfants, et ils partirent, la tête haute, en chantant joyeusement. S'ils avaient pris la direction de la Belgique, à l'ouest, le voyage eût été plus rapide, car toutes les voitures allaient dans ce sens-là. Les réfugiés allant vers le sud étaient moins nombreux, aussi la circulation était-elle plus rare, et ils durent marcher la plupart du temps.

Ils franchirent l'Elbe près de Rosslau, sur un pont que les Russes avaient pu réparer car il n'était pas trop endommagé. Là, ils furent retardés une demi-journée par une avant-garde de l'armée russe qui allait à Prague (racontait-on) pour chasser les Allemands de Tchécoslovaquie.

Ruth n'avait jamais vu autant de soldats de sa vie. Les chars venaient en premier, pour dégager la voie. Puis les colonnes de soldats épuisés et crasseux dans leur uniforme en loques, qui arrivaient d'Ukraine, des Républiques tartares, des montagnes de l'Oural, des pays de la Baltique, de Sibérie et de Mongolie. Ils se déversaient sur le pont par milliers, et tout le monde devait s'arrêter pour les laisser passer.

— Je connais cette chanson, s'écria Bronia en entendant les fragments d'un chant cosaque. Papa nous l'a apprise. Vous vous rappelez ?

— Oui, je m'en souviens, dit Ruth. Nous passions l'été au bord du fleuve Dunajec. Nous avons descendu la rivière en canoë au milieu des montagnes.

Elle soupira, et une autre chanson vint chasser la première. Ils entendirent beaucoup de chants, parfois joyeux et légers, parfois imprégnés d'une tristesse déchirante, tandis qu'ils attendaient debout.

Ils se glissèrent sur le pont à la suite de la dernière colonne de soldats.

A peine avaient-ils traversé qu'un concert de klaxons annonça l'arrivée des voitures de l'état-major, surtout des Mercedes et des Horch prises aux nazis. Puis vinrent les secrétaires ; et des voitures pleines de butin de guerre — des manteaux de fourrure, des textiles, des tapis, de la porcelaine volée ; des camions remplis de meubles, de radios, de réfrigérateurs ; des camions de nourriture chargés de tonnes de friandises russes — du caviar, de l'esturgeon, de la vodka, du vin de Crimée ; des camions arborant fièrement des affiches : BIENVENUE A L'ARMÉE DE LIBÉRATION.

Encore des colonnes de soldats.

Des femmes et des jeunes filles en uniforme gris-vert, avec des corsages serrés et des bottes hautes. Elles venaient pour faire la cuisine et la vaisselle, pour aider dans les hôpitaux et veiller sur les malades. Elles étaient suivies par des groupes de petits garçons ramassés dans les bois et dans les villages dévastés. Ils avaient faim et l'Armée rouge était prête à les nourrir.

— Tout le monde s'en va aujourd'hui ! Il ne reste sûrement personne derrière, s'écria Bronia comme la poussière commençait à retomber.

Mais l'arrière-garde arriva, avec des centaines de chevaux cosaques qui tiraient des petites charrettes, soulevant des nuages de poussière.

— En voiture ! cria Jan quand passa un vieillard à cheveux gris, le fouet à la main, perché sur une carriole recouverte d'une bâche.

Et avant que Ruth n'ait eu le temps d'intervenir il s'était déjà glissé à l'intérieur.

— Jamais nous ne le rattraperons... Toutes les carrioles sont pleines, cria Ruth.

Mais bientôt une charrette découverte qui transportait seulement une botte de paille, du fourrage et une patte de cochon fumé s'arrêta pour les prendre tous les trois. Le trajet se déroula dans l'inquiétude, car ils allaient beaucoup plus lentement que Jan, et ils le perdirent de vue très vite à cause de la poussière, et des carrioles qui les dépassaient pour se noyer dans l'immensité des champs.

Jan était parfaitement heureux. Il avait atterri sur un tas de paille aussi confortable qu'un lit de plumes, à côté d'un soldat malade et d'une cage avec une oie qui poussait des cris. Et s'il jugea inutile de faire la connaissance du soldat, il considéra l'oie avec un intérêt tout particulier.

Tout l'après-midi Ruth et Edek guettèrent la carriole où Jan était monté. Mais leur vigilance s'avéra inutile, car toute la caravane s'arrêta à la tombée de la nuit pour camper. On alluma des feux, on alla chercher des provisions dans les fermes avoisinantes, les gens mangèrent, burent et chantèrent. Jan fut vite retrouvé et pardonné.

Le lendemain leurs chemins se séparèrent, et les enfants partirent à travers champs en direction de Bitterfeld et de Halle.

Avant leur départ de Berlin, l'officier britannique leur avait fourni des cartes d'alimentation, et avec l'argent qu'il leur avait donné ils purent acheter de la nourriture. Jan avait reçu une récompense de cent marks pour avoir recapturé le chimpanzé. Il confia cette somme à Ruth et la laissa libre de l'employer comme elle le jugeait bon. Lorsque cet argent fut dépensé ils en furent réduits à mendier ou à travailler. Il était difficile de trouver du travail, car les usines étaient inactives et les fermes avaient accueilli les premiers prisonniers de guerre libérés. Certains villages refusèrent de les prendre car ils n'avaient plus de place ni de nourriture pour les réfugiés. Mais dans l'ensemble ils furent reçus avec gentillesse et on ne refusa jamais de leur donner à manger si c'était possible.

Dans la plupart des grandes villes il y avait des roulantes de l'U.N.N.R.A., et les enfants étaient toujours heureux de les trouver. Mais les camps de transit valaient encore mieux. C'était l'époque où les commandants des camps envoyaient leurs soldats attaquer les magasins à main armée. Ils pillaient les entrepôts, les usines, les boutiques, et même les greniers et les granges, car les paysans avaient caché énormément de choses et les travailleurs de force qui peuplaient les camps connaissaient souvent leurs cachettes. L'un de ces camps comportait une section polonaise, où s'était ouverte une école. Si les enfants avaient choisi de rester là — et on le leur demanda instamment — ils auraient obtenu la nourriture, les soins médicaux et l'instruction dont ils avaient besoin. Edek était très fatigué lorsqu'ils arrivèrent, et Ruth se montra prête à rester aussi longtemps qu'il le faudrait. Mais au bout de quelques jours il fut remis et il manifesta sa hâte de repartir. Chaque fois qu'il ressentait une hésitation, il lui suffisait de jeter un coup d'œil au poignard d'argent pour se sentir stimulé à nouveau.

Toute la journée le soleil brillait, sur les champs où travaillaient les paysans, sur les villes jonchées d'épaves, où un peuple engourdi par la défaite vivait au jour le jour, incapable de penser à l'avenir, où les femmes faisaient la queue pour acheter du pain et transportaient des brouettes de bois ramassé dans la forêt pour allumer leur cuisinière, où des soldats blessés prenaient l'air sur les balcons des hôpitaux. Certains saluaient les enfants de la main quand ils passaient, et ceux-ci leur répondaient d'un signe.

Ils arrivèrent ainsi à l'extrémité de la zone russe.

Pendant les premiers jours de la paix il y avait beaucoup d'endroits où il était facile de passer d'une zone à l'autre sans être vu. Ils franchirent la frontière quelque part dans la forêt de Thuringe et ce fut seulement en voyant les uniformes peu familiers des soldats et les inscriptions dans une langue inconnue qu'ils comprirent qu'ils avaient maintenant atteint la zone américaine.

17

Le signal

C'était la mi-juin. Malgré cette longue période de beau temps Edek ne se remettait pas. La nuit, lorsqu'ils dormaient sous les étoiles étincelantes, sa toux empêchait Ruth de dormir et elle ne parvenait pas à se débarrasser de son anxiété. Chaque jour il marchait plus lentement et plus péniblement. C'était en partie parce qu'il avait mal aux pieds, car ses chaussures étaient usées jusqu'à la corde et la paire de remplacement qu'il avait tressée avec des roseaux n'avait pas tenu longtemps. Ruth décida qu'il devait se reposer une semaine.

Ils trouvèrent un endroit agréable dans une prairie près d'un chenal. Ils décidèrent d'y camper jusqu'à ce qu'elle et Jan aient gagné assez d'argent pour acheter à Edek une nouvelle paire de chaussures. Ruth prit un emploi de femme de ménage à l'école du village, et Jan fit les foins avec les paysans. Edek restait sous les arbres à se reposer, en compagnie de Bronia. Il était étendu à l'ombre toute la journée, car le soleil était brûlant. Le soir une brise fraîche soufflait ; mais il avait chaud, car ils faisaient un feu pour lui, et il se couchait à côté, regardant les étoiles qui apparaissaient entre les branches de saules, bercé par le doux murmure du ruisseau.

Il se reposait bien et mangeait normalement, car la nourriture ne manquait pas. Plusieurs fois Jan rentra du travail avec un sac rempli d'aliments qu'ils n'avaient jamais goûtés auparavant — du poulet, du homard, du porc salé et du pâté. Quand Ruth demanda qui lui avait donné tout cela, il répondit :

— Le fermier ; c'est un homme très généreux.

Mais les soupçons de la jeune fille ne furent pas dissipés, car Jan n'avait rapporté que des boîtes de conserve, avec des étiquettes écrites dans une langue inconnue.

— Je sais qu'il vole tout ça, dit-elle à Edek. Cette nourriture appartient aux Américains, et je pense qu'il doit la prendre au dépôt. Mais je ne sais pas — le dépôt est bien gardé, et je ne l'ai jamais vu rôder par là. S'il vole, il va se faire prendre. Les Américains ne laissent rien passer, près de l'école il y a une salle où leur tribunal militaire juge des affaires toute la journée.

— Il n'a rien apporté hier ni avant-hier, dit Edek. Peut-être son filon est-il épuisé.

— Il dit que le fermier lui a promis une nouvelle fournée demain, dit Ruth.

Edek décida d'éclaircir ce mystère. Sans rien dire à Ruth, le lendemain après-midi il se rendit seul à la ferme où travaillait Jan et il se cacha derrière une haie... Il vit Jan quitter les champs avant la fin de la journée. Au lieu de rentrer au camp, il prit la direction opposée, et traversa le village en toute hâte.

Edek le suivit jusqu'à un passage à niveau en dehors du bourg. Brusquement un jeune garçon en haillons sortit d'un buisson au bord de la route et appela Jan. La rencontre semblait prévue car Jan ne manifesta aucune surprise et descendit de la route pour aller rejoindre le garçon.

Edek se rapprocha le plus possible sans se faire voir, et il attendit. Il attendit si longtemps qu'il commença à se demander s'ils lui avaient faussé compagnie.

Puis, soudain, Jan sortit des buissons et se mit à courir, plié en deux, le long de la voie de chemin de fer, en direction de la potence de signaux. Le jeune garçon avait disparu.

Edek grimpa dans un arbre d'où il pouvait surveiller la voie. Il vit Jan escalader la potence de signalisation et se coucher à plat ventre au sommet, entièrement immobile. Qu'avait-il donc en tête ? Jan n'avait pas, à sa connaissance, de penchant particulier pour le sabotage des trains, car malgré son curieux sens des valeurs il ne détruisait pas à tort et à travers.

— Il faut que j'aille m'en rendre compte par moi-même, se dit Edek.

Et sautant en bas de son arbre il longea la voie ferrée jusqu'au pied de la potence.

— A quoi tu joues, Jan ? cria-t-il.

Jan fut stupéfait, car il était toujours étendu à plat ventre, à peine visible, et il ne l'avait pas vu arriver. Il injuria Edek et lui dit de s'en aller.

Avec un bruit de ferraille qui les fit sursauter tous les deux, le signal contrôlant la voie « d'en haut » passa au vert.

— Fous le camp, imbécile, fous le camp, hurla Jan.

Et, se jetant sur le signal, il se mit à tirer dessus.

Edek commença réellement à s'agiter, car il entendait le grondement lointain d'un train qui approchait. Il cria à Jan de descendre, mais celui-ci s'activait furieusement, maniant une clé anglaise et une paire de pinces, et il ne fit pas attention à lui.

Le bruit du train monta. Des nuages de fumée noire s'élevèrent au-dessus des arbres.

Pensant qu'un terrible accident menaçait de se produire, Edek se précipita vers la potence et se mit à l'escalader.

Il n'était pas fait pour ce genre d'exercice. Il avait déjà épuisé presque toutes ses minces réserves d'énergie, et ses muscles étaient trop faibles pour lui donner beaucoup de prise. D'autre part, la potence était très endommagée, elle avait été réparée à la hâte et grossièrement. Un échelon en fer s'effondra sous son pied. Haletant et toussant, il réussit avec un énorme effort à se retenir avec les mains et à se hisser tout en haut.

Lorsque sa tête arriva au niveau de la potence, il vit que le signal était devenu rouge. Jan reculait comme une anguille, pris de frénésie. Ses pieds rasèrent la figure d'Edek, qu'il faillit faire tomber. Ses yeux lançaient des étincelles et il était cramoisi de fureur. Mais à cause du vacarme du train Edek n'entendit pas ce qu'il disait.

Préoccupé avant tout d'empêcher un accident, Edek longea la potence à tâtons. Quand le train — qui transportait des marchandises — s'approcha en crachant et en soufflant, avec son interminable file de wagons, Edek se redressa en titubant et fit des signes. C'était tout à fait inutile car, grâce à l'intervention de Jan, le signal était rouge, et la locomotive avait déjà commencé à freiner.

Les tampons des wagons se heurtèrent avec un énorme bruit de ferraille et le train s'immobilisa dans un grincement de freins. Une colonne de vapeur jaillit en un long sifflement aigu. Un nuage de fumée noire s'éleva jusqu'à Edek qui se mit à suffoquer.

Quand il eut fini de tousser et qu'il eut essuyé ses yeux, il aperçut en dessous de lui quelqu'un qui criait. Ce n'était pas Jan — le garçon avait disparu — mais un militaire américain qui le menaçait de son revolver.

18

Le capitaine Greenwood

Le capitaine Greenwood, de l'armée américaine d'occupation, âgé de quarante-deux ans, les tempes déjà grisonnantes, était avocat dans son pays. Son expérience l'avait bien préparé à son rôle actuel qui l'obligeait à juger des délits courants. Il se donnait beaucoup de mal pour être juste. C'était rarement facile, car dans ce pays étranger rien ne se passait directement et la nécessité de recourir à des interprètes ralentissait beaucoup l'audience des témoins.
Le garçon qui comparaissait devant lui était un drôle de cas — Edek Balicki, seize ans, un Polonais sans adresse, qu'on avait surpris en train d'inverser des signaux de chemin de fer. Le procureur, le lieutenant James, affirmait qu'il faisait partie d'une bande de voleurs et qu'on l'avait vu arrêter un train. Le garçon reconnaissait ce fait, mais niait le reste de l'accusation. Comme personne d'autre n'avait été pris et que l'attaque supposée du train n'avait pas eu lieu,

on ne pouvait rien prouver dans cette affaire. La tentative de démontrer le rôle joué par ce garçon lors d'une précédente attaque de train avait échoué faute de preuves. Pressé de justifier son acte, Edek répondit qu'il s'agissait d'une farce.

Le capitaine Greenwood était troublé. Le garçon était visiblement malade et ne semblait pas être du genre à faire des farces aussi graves. De plus, son refus d'être défendu par quiconque ne facilitait pas les choses.

Il y eut une agitation soudaine au fond du tribunal, et un caporal s'approcha avec un message pour le juge. Après avoir échangé quelques paroles à voix basse le capitaine Greenwood dit :

— Bien sûr — s'ils peuvent nous aider. Faites-les entrer.

On fit entrer Ruth, Jan et Bronia et ils vinrent se mettre à côté d'Edek. Bronia tenait la main de Ruth et riait gaiement. Jan se mordait la lèvre. Il y avait du défi dans son regard.

— Il y a eu une erreur et je suis venue l'expliquer, dit Ruth en polonais. Tout est de la faute de Jan. Je vais parler à sa place.

L'interprète traduisit.

— Qui est l'autre enfant ? demanda le capitaine Greenwood.

— Ma sœur Bronia, dit Ruth. Elle n'a rien à voir avec tout cela, mais j'ai dû l'emmener avec moi car je n'ai aucun endroit où la laisser. Nous sommes en route pour la Suisse et nous campons près du chenal.

— Je vois. Comment s'appelle ce garçon ? demanda le capitaine.
— Jan. Nous ne lui connaissons pas d'autre nom, dit Ruth.
— Jan, as-tu des parents ? dit le capitaine Greenwood.
— Le chat gris et Jimpy, mais ils sont morts, et maintenant Ruth est ma maman, dit Jan d'un air sombre.

Le capitaine Greenwood était désemparé. Ruth fit de son mieux pour expliquer une situation qu'elle ne comprenait pas pleinement elle-même.

— Nous considérons donc que tu n'as pas de parents mais que cette jeune fille, Ruth Balicki, âgée de dix-huit ans, sœur d'Edek Balicki, est ta gardienne, dit le capitaine. Tu prétends qu'Edek Balicki est accusé à tort. Le lieutenant James ici présent va lire l'acte d'accusation qui te sera traduit. Écoute attentivement, Jan, et ensuite réponds aux questions.

Le prisonnier fut donc accusé d'avoir arrêté un train et d'avoir tenté de le piller, puis on lui demanda : « Coupable ou non coupable ? »

Pour toute réponse Jan fonça vers la porte, où deux gardes le retinrent, le ramenant devant le juge tandis qu'il se débattait comme un beau diable.

Le capitaine eut des paroles sévères, qui n'eurent aucun effet. Il se tourna vers Ruth.

— Êtes-vous *capable* de faire entendre raison à ce garçon ?
— Il a peur des soldats, dit Ruth. Si vous

aviez la gentillesse de renvoyer ces gardes, monsieur, je pense qu'il vous répondrait.

Le capitaine Greenwood fut stupéfait. Il n'avait jamais de sa vie entendu pareille requête. Mais un coup d'œil à la bagarre qui se déroulait devant lui le convainquit que des mesures extraordinaires s'imposaient. Il ordonna aux gardes de relâcher le prisonnier et d'aller attendre dehors. Jan s'effondra par terre, haletant et furieux, ses yeux lançant des éclairs.

Le capitaine attendit qu'il se calmât, puis lui demanda de se lever. A sa surprise, le garçon obéit.

— Nous sommes ici pour apprendre la vérité, dit-il, renonçant à toute formalité. Alors, Jan, veux-tu nous raconter à ta façon ce qui s'est passé ?

Jan jeta au tribunal un regard soupçonneux. Mis à part le lieutenant et le juge, il n'y avait aucun soldat présent — seulement l'interprète (un civil), Edek, Bronia et Ruth. Cela lui redonna un peu confiance ; il en avait besoin. Il regarda Ruth.

Elle lui sourit — mais si son sourire l'encourageait à parler, ses paroles furent un sévère avertissement :

— Pas de blague, Jan. Si tu essayes, tu sais ce qui t'attend.

Jan s'efforça de voir ce qu'elle tenait derrière son dos, mais il en fut réduit à deviner. Les yeux baissés, il s'adressa au juge :

— Ce n'est pas la faute d'Edek. J'ai changé le signal et il est venu m'en empêcher. Je me suis enfui et c'est lui qu'on a pris. Il n'avait pas besoin de se laisser prendre, mais c'est un garçon très stupide pour son âge. Il fait tout foirer.

— Pourquoi voulais-tu arrêter ce train ? demanda le juge

— A cause des wagons de nourriture.

— Tu avais l'intention de les piller toi-même ?

— Non.

— Tu faisais partie de la bande ?

— Oui.

— Edek Balicki en faisait-il partie lui aussi ?

— Non. Il n'avait rien à faire avec cette histoire.

— Qui sont les autres ?

— Vous voulez dire les voleurs du train ? Je ne les ai jamais rencontrés et je ne sais rien sur eux. Si je savais quelque chose, je ne le dirais pas. Vos soldats peuvent aller leur faire la chasse, ils sont là pour ça.

Ruth sortit un bâton de derrière son dos et donna un bon coup sur les fesses de Jan.

— Voilà pour avoir été malpoli, dit-elle.

Le coup de bâton eut l'effet souhaité et il présenta des excuses.

Le capitaine Greenwood demanda au lieutenant James, qui poursuivait Edek, s'il désirait interroger l'accusé.

Brandissant ses papiers d'un air important, le lieutenant répondit que oui. Il pensait visiblement que son capitaine en prenait trop à son aise. Il n'avait jamais apprécié le comportement sans façon de son supérieur. S'éclaircissant la voix un peu trop bruyamment, il se pencha vers Jan.

— Que t'a donné la bande en échange de tes services ?

— Rien.

— Tu veux me faire croire que tu as accepté cette tâche dangereuse pour rien ?

— Bien sûr. Ils n'avaient rien à me donner. L'opération a raté. Mais les autres fois...

Jan se mordit la lèvre. Peu habitué à jouer la carte de l'honnêteté, il s'était laissé emporter.

— Veux-tu expliquer ce que tu entends par « les autres fois » ? demanda aussitôt le lieutenant James.

— Ils m'ont donné une partie de la nourriture qu'ils avaient prise. Et c'était de la drôlement bonne marchandise...

— Sauf ce jambon trop gras, s'écria Bronia. Ça nous a tous rendus malades... Aïe ! hurla-t-elle, comme Ruth lui donnait un coup sur les doigts.

Le lieutenant James ne tint pas compte de cette interruption.

— Je vois. Tu as eu droit à ta part du butin. Mais tu viens de dire à l'instant que tu n'avais jamais rencontré aucun d'eux. Comment ont-ils pu te donner des provisions sans que tu les voies ?

— Ils sont beaucoup plus futés que vous ne le pensez, lieutenant, répliqua Jan. Ils ont planqué la nourriture dans une cachette dans la forêt.

— Combien de fois cela s'est-il produit ?

— Deux fois.
Le capitaine Greenwood intervint alors :
— Vous outrepassez les termes de l'accusation, lieutenant James. Ça ne vous avancera à rien de continuer dans ce sens.
— Sauf votre respect, monsieur, je...
— Êtes-vous convaincu que le prisonnier est coupable du délit que vous lui reprochez ?
— Parfaitement.
— Alors restons-en là. Vous n'avez pas d'autres questions pertinentes à poser ?
— Non, monsieur, aboya le lieutenant, reposant brutalement ses papiers sur le bureau. Il se rassit.
Le capitaine se tourna vers Jan et lui parla avec douceur.
— Pourquoi as-tu besoin de voler alors que tu peux manger à ta faim dans les roulantes ?
— Nous ne pouvons pas vivre autrement, répondit Jan avec amertume.
— C'est devenu une habitude, une mauvaise habitude, commenta le juge.
— Les nazis nous ont tout volé dans notre pays, ils ne nous ont rien laissé, dit Jan. Maintenant c'est à notre tour de les voler.
— Mais la nourriture que tu as volée appartient aux Américains, pas aux nazis. Ils l'envoient ici pour te nourrir, toi et tous les autres réfugiés qui envahissent le pays. Si tu la voles, c'est ton propre peuple que tu voles. Tu trouves ça juste, tu trouves ça intelligent ?

— Je veux nourrir Ruth, Bronia et Edek, dit Jan farouchement, et la gentillesse inattendue du capitaine fit rouler des larmes sur ses joues. Edek est malade, et nous avons tous faim. Je continuerai toujours de voler s'ils sont affamés.

— Est-ce qu'*ils* volent, eux ?

— Non. Ils ne sont pas aussi intelligents que moi. Mais tous les autres volent, même les Américains. Ils prennent des appareils photos et des jumelles aux Allemands. Dans votre cantine il y a une centaine de caisses de vin, qui ont toutes été volées. Je sais où ils les ont prises.

— Ces observations sont superflues, dit le capitaine Greenwood. Ça ne va pas arranger ton cas d'accuser les gens comme tu le fais. S'il y a quelque chose de vrai dans ce que tu dis, ces affaires viendront devant moi et je les réglerai comme il se doit.

Ruth prit Jan par les épaules et lui chuchota quelque chose comme il s'efforçait de ravaler ses sanglots.

Le garçon bafouilla des excuses. Il finit par dire :

— Je parle avec respect, monsieur (une expression qui, prononcée par lui, paraissait si comique que le capitaine ne put s'empêcher de sourire).

— Quand j'avais ton âge, Jan, on m'a appris les dix commandements. Peut-être que ce n'est plus à la mode aujourd'hui. Tu n'as jamais entendu celui-là : « Tu ne voleras pas » ?

— Ça ne marche pas, répondit Jan.

— Il faut bien que ça marche, sinon tout ira de travers. N'oublie pas ça.

Le capitaine Greenwood rassembla les papiers sur son bureau, résuma l'affaire brièvement, et prononça la sentence.

— Edek Balicki, non coupable, affaire classée. Jan plaide coupable. En raison des circonstances je le condamne à la peine la plus légère : une amende de deux cents marks ou sept jours d'emprisonnement.

Ruth et Jan se consultèrent brièvement. Puis la jeune fille prit la parole :

— Jan accepte les sept jours de prison. Nous n'avons pas assez d'argent pour payer l'amende.

— Nous faisons des économies pour acheter une paire de bottes à Edek, expliqua Bronia.

— Merci, monsieur, dit Ruth.

— Ça ne va pas durer longtemps, Jan, et on prendra soin de toi, dit le capitaine Greenwood. Quand tu sortiras, je te conseille de t'accrocher à cette maman-là, elle est assez grande pour ne pas avoir oublié les bonnes manières. Rappelle-lui de m'envoyer une carte postale quand vous serez arrivé en Suisse, ajouta-t-il après coup.

Il leva la séance.

Ruth serra la main de Jan bien fort dans la sienne jusqu'à ce que les gardes vinssent le chercher. Il s'en alla sans opposer de résistance, n'osant pas se retourner pour la regarder. Quand il fut parti, elle prit Edek et Bronia par la main, et ils sortirent lentement.

Resté seul dans la salle du tribunal, le capitaine Greenwood feuilleta ses notes sur les affaires de la matinée, s'apprêtant à rédiger son rapport pour son officier supérieur. Trois affaires de vol ; deux violations de couvre-feu ; un vieil homme accusé d'avoir caché un nazi chez lui ; et enfin l'affaire de Jan. Qui le troublait beaucoup plus que les autres.

Tout en réfléchissant à la punition qu'il avait infligée au garçon, il se rendit compte qu'en dépit de toutes ses nobles intentions il n'avait fait qu'effleurer un problème qu'il n'était pas en mesure de résoudre. Une semaine de prison n'empêcherait pas Jan de recommencer à voler. Ruth pouvait-elle l'en empêcher ? C'était une fille remarquable et elle était bien la seule à pouvoir l'aider. Mais après cinq années de guerre et de vie irrégulière ces enfants-là étaient souvent irrécupérables.

19

Le fermier bavarois

Il y avait de drôles de bruits dans la grange ; on aurait dit des rats qui galopaient ou une porte aux gonds rouillés qui grinçait à cause du vent.
Le fermier ouvrit la porte brutalement et cria :
— Sors d'ici, petit démon ! Je t'ai entendu — tu n'es pas capable d'imiter un rat mieux que ça ?
Il resta immobile, s'habituant à la pénombre de la grange. Le soleil se levait assez tôt en juillet, mais il ne faisait pas encore jour et il ne distinguait qu'une masse de foin. Il dressa l'oreille, mais tout était si calme qu'il commença à se demander s'il s'était trompé.
Mais le bruit d'un sanglot, tout de suite étouffé, confirma ses soupçons.
— Sors d'ici ! hurla-t-il. Tu veux que je t'enfume comme un lapin ou que j'aille chercher la fourche ?
Ses menaces n'eurent aucun écho, et il alla prendre sa fourche. Le foin se mit aus-

sitôt à voler dans tous les sens. Et un projectile fendit les airs — un navet trop mûr qui atterrit dans le cou du fermier. L'homme lâcha un juron.

Une petite voix inquiète s'écria :

— Nous nous rendons — s'il vous plaît rangez cette horrible chose avant qu'elle ne transperce Bronia !

Le fermier se retourna, brandissant sa fourche, et se trouva nez à nez avec une grande fille mince, couverte de foin des pieds à la tête.

— Nous avons passé la nuit ici, c'est tout. Nous n'avons fait aucun mal.

Quand elle se rendit compte qu'il n'avait pas bien compris, Ruth appela Edek.

Le foin bougea sous les pieds du fermier, et le visage congestionné d'Edek apparut. Il avait trop longtemps retenu sa respiration et il se précipita à l'air libre, se cramponnant à la poignée de la porte de la grange en toussant comme un malheureux.

— Eh, c'est sur moi que vous marchez ! cria Bronia qui surgit sous le pied gauche du fermier.

Quand elle aperçut la fourche meurtrière elle courut se réfugier derrière Ruth.

— Edek, explique-lui que nous avons simplement passé la nuit ici et que nous n'avons fait aucun mal, dit Ruth, serrant Bronia contre elle.

Edek traduisit.

— Aucun mal ! s'écria l'homme, retirant le navet en bouillie à l'intérieur du col de sa chemise. Vous parlez d'une surprise ! Un...

deux... trois ! C'est tout, ou il y a une seconde fournée planquée quelque part ?

Pour toute réponse, il reçut un second navet pourri, qui atterrit exactement au même endroit. Le dernier membre de la famille, fort peu diplomatiquement, venait de lancer un autre missile. A court de munitions, il fit une glissade sur le tas de foin, et vint se joindre à eux.

Bronia éclata de rire, Edek sourit, mais Ruth se mit en colère.

— Quand vas-tu enfin grandir, espèce d'imbécile ! cria-t-elle, l'attrapant par les épaules et le secouant comme un prunier. Tu gâches tout. On aurait mieux fait de te laisser à Varsovie !

Jan, qui avait agi, comme d'habitude, poussé par des motifs très honorables, commença à protester.

— Ne m'attrape pas, Ruth. Je n'ai rien volé. La fenêtre du garde-manger est restée ouverte toute la nuit, et j'aurais pu prendre tout ce que je voulais, mais je ne l'ai pas fait — tu sais que c'est vrai !

— Excuse-toi à genoux, ordonna Ruth.

Il se garda d'obéir, mais il marmonna qu'il était désolé. Et le fermier, qui avait réussi à réparer une partie des dégâts et semblait prêt à se radoucir, eut l'amabilité d'accepter ses excuses.

— Alors, monsieur l'interprète, dit-il à Edek, voulez-vous m'expliquer votre présence dans ma grange.

Edek lui dit en quelques mots qui ils étaient, d'où ils venaient, et pourquoi ils n'avaient pas (contrairement à leur habitude) demandé la veille la permission de dormir dans la grange. Ils étaient arrivés après la tombée de la nuit et n'avaient pas voulu déranger les fermiers.

— Nous sommes prêts à donner une journée de travail en échange de la nuit passée ici, dit-il pour terminer.

— J'y compte bien, répliqua le fermier. Et si je ne suis pas content de vous, je vous amènerai au bourgmestre.

— Qu'est-ce que c'est qu'un bourgmestre ? demanda Bronia, quand Edek eut tout traduit (et désormais il dut tout expliquer, car le fermier savait très peu de polonais).

— Un bourgmestre, mon petit, est un méchant père fouettard qui harcèle les gens au-delà de ce qu'ils peuvent supporter. Il s'intéresserait particulièrement à vous. Vous êtes bien polonais, hein ? Eh bien, le gouvernement militaire a donné l'ordre de rafler tous les Polonais pour les renvoyer en Pologne. C'est au bourgmestre de veiller à ce que les ordres soient exécutés.

— Nous arrivons de Pologne. Nous n'y retournerons sûrement pas, dit Ruth.

— Nous allons en Suisse retrouver notre papa et notre maman, dit Bronia.

— Je ne retournerai en Pologne pour rien au monde, déclara Edek.

— Moi non plus, s'écria Jan.

— C'est ce que vous *croyez*. Mais si le gouvernement militaire décide que vous devez rentrer en Pologne, vous y rentrerez, mes enfants. Et rien ne vous sauvera, surtout pas les navets pourris.. Allez, venez quand même manger un morceau.

Il y avait des jardinières toutes fleuries sur les rebords des fenêtres de la ferme. Sur la table de la cuisine, étincelante de propreté, le couvert du petit déjeuner était mis pour deux.

— Emma ! appela le fermier. Voici quatre bouches de plus pour le petit déjeuner ! Quatre malheureux en haillons qui nous arrivent de Pologne : Ruth, Edek, Jan et Bronia. Ils ont fait toute cette route à pied spécialement pour faire notre connaissance. Je vous présente Frau Wolff, ma femme. Elle parle polonais. Elle l'a appris avec deux Polacks qui ont travaillé ici pendant la guerre.

Une dame rebondie d'allure aimable leur serra la main et, les invitant à s'asseoir, alla chercher d'autres bols. La conversation devint plus facile, entre son polonais et l'allemand d'Edek.

— Qu'est-ce que c'est que ces saletés sur ton col, Kurt, demanda-t-elle en revenant.

— C'est la Pologne qui m'envoie ça, répondit le fermier en lançant un clin d'œil à Jan (et quand Edek traduisit, les enfants se mirent à rire si fort qu'ils faillirent renverser leur café).

— Cette chemise était propre ce matin, se plaignit-elle.

— Alors je vais demander à Jan de me la laver, afin de le remercier.

— Très bonne idée, dit Ruth.

— Jan y aurait sûrement pensé tout seul,

c'est moi qui l'ai dit le premier, commenta le fermier en regardant Ruth.

— Jan a un tas d'idées, mais pas de ce genre-là, observa la jeune fille.

— Bon appétit, dit Frau Wolff en posant une assiette de petits pains sur la table. Il y en a d'autres si vous avez encore faim.

Bronia ouvrait de grands yeux. Elle n'avait jamais vu autant de nourriture.

— Il n'y a pas de rationnement ici, expliqua la fermière. C'est la campagne.

Les quatre enfants étaient ravis.

— Merci de votre accueil, dit Ruth. J'ai l'impression que vous nous attendiez.

— Oh ! on s'attend à tout par ici, grommela le fermier entre deux gorgées de café. Les bois sont remplis de réfugiés comme vous, vous savez. Vous n'êtes pas les premiers que j'ai trouvés dans la grange, voyez-vous. L'hiver dernier j'ai découvert une famille entière dans l'étable, blottie autour d'une vache pour se tenir chaud. Ils m'ont raconté qu'ils étaient venus d'Ukraine à pied. Je n'en ai pas cru un mot, bien entendu. A mon avis, ils venaient d'un village d'à côté — une ruse pour se faire offrir un repas à l'œil. Je les ai fait travailler dur pour le gagner, croyez-moi ! Des douzaines et des douzaines de réfugiés ont travaillé ici. On a réussi à s'en débarrasser maintenant, Dieu merci. Le gouvernement militaire ne nous envoie plus que des prisonniers de guerre allemands, et *ils* sont bien pires. On veut faire de nous un pays agricole ! Bon Dieu, je n'ai jamais rien entendu d'aussi absurde ! Comme si on pouvait apprendre à un mécanicien à traire une vache ! Il serait fichu d'essayer avec une clé anglaise... !

L'homme continua de parler ainsi pendant quelque temps, engloutissant d'énormes bouchées de pain entre deux phrases et faisant passer ses tartines avec de généreuses rasades de café. Edek était le seul à écouter poliment, et quand finalement le fermier s'arrêta il déclara :

— J'ai travaillé dans une ferme allemande pendant la guerre. Mais j'ai détesté ça. Les gens n'étaient pas corrects.

Le fermier se sentit insulté par cette observation inoffensive.

— Parce que tu t'imagines que je suis correct ! Attends un peu que je t'aie fait travailler une journée ! Tu changeras d'avis tout de suite. On commence tout de suite, dès que tu auras fini de manger.

— Ils peuvent se reposer aujourd'hui, Kurt, dit la femme. Ils sont épuisés.

L'homme frappa du poing sur la table.

— Ça ne sert à rien d'employer la manière douce, dit-il. Si on les traite durement, ils apprendront à vous respecter. Si on est gentil avec eux, ça tourne tout de suite au vinaigre. Non, non, ils vont se mettre immédiatement au travail. Ruth et Jan vont m'accompagner dans les champs, et ils ne déjeuneront pas s'ils tirent au flanc. Bronia va nourrir les poules, et Edek...

— Edek va rester à la cuisine avec moi, dit la fermière. Il ne tient pas debout. Il va peler les patates pour moi. Et elle lança un regard à son mari, montrant clairement qu'elle entendait en faire à sa tête.

— Jan, espèce de canaille, tu ne crois pas que je vais oublier de te faire laver ma chemise ! cria le fermier, tapant si fort sur la table que toute la vaisselle trembla.

Et, en ce qui concernait Jan, il en fit à *sa* tête.

20

Le bourgmestre

La ferme de Kurt Wolff se trouvait dans les collines de Bavière, non loin de la frontière tchécoslovaque. Les pentes étaient boisées jusqu'au sommet, et tout en bas serpentait la rivière Falken, en direction du Danube. Une route traversait le champ au-dessous de la ferme — vers le nord, elle conduisait à Berlin ; au sud, elle franchissait le Danube et se perdait dans les plaines. Quelques kilomètres plus bas, il y avait le village de Boding, où le bourgmestre recevait chaque jour les ordres fâcheux des troupes américaines stationnées dans la région. C'était un homme grand et mince, d'âge moyen, un scientifique et un social-démocrate qui vivait retiré depuis la montée du nazisme en 1933 et que les Américains étaient venus chercher quelques mois auparavant. Il était intelligent, mais consciencieux d'une manière assez stupide, et les lois contre la fraternisation l'avaient aigri. Il croyait que les Allemands qui se montraient prêts à coopérer avec les Américains seraient traités comme des amis, et non comme des ennemis. Jouant le rôle d'intermédiaire entre son peuple et l'occupant, il répondait aux deux parties et récoltait invariablement plus de coups que d'éloges.

Aux yeux des quatre enfants il était le démon en personne. Il avait pour instruction d'arrêter tous les Polonais et les Ukrainiens réfugiés dans la région et de les expédier chez eux dans les camions fournis par les Américains. La plupart d'entre eux (et ils étaient très nombreux à se cacher dans les collines et les villages) étaient trop heureux de rentrer dans leur pays, mais certains, comme Ruth et ses compagnons, avaient des raisons pour ne pas le faire. Ils devaient donc prendre garde à ne pas se trouver sur le chemin du bourgmestre, car les ordres étaient les ordres et ils devaient être exécutés. Le fermier proposa donc aux enfants de rester chez lui en attendant que le danger soit passé. Ils s'empressèrent d'accepter car ils avaient très vite compris que malgré sa grosse voix ce n'était pas un mauvais bougre. Et sa femme semblait les aimer comme ses propres enfants.

Jan, que le fermier traitait toujours d'« évadé de prison », était particulièrement heureux. Il disait que sa vie à la ferme valait en tous points sa semaine en prison, qu'il considérait comme un exploit ; Ruth n'avait pas réussi à l'en faire démordre. Il se lia d'amitié avec un vieux chien bâtard qui dépérissait, Ludwig. Avant son arrivée l'animal passait ses journées à sommeiller, couché au soleil, et ne supportait pas la moindre attention. Jan parvint à rendre la vie à ce chien mourant et à se faire aimer de lui d'une façon qui stupéfiait ceux qui ne le connaissaient pas. Ludwig le suivait partout dans la ferme et restait auprès de lui pendant qu'il travaillait avec enthousiasme. Mais comme les autres, quand les camions de joyeux réfugiés passaient sur la route le soir, il prenait soin de ne pas se montrer. Il avait peur lui aussi de l'ombre du bourgmestre.

Une fois ce dernier vint à l'improviste, mais le bruit de la jeep qui montait l'allée les prévint de son arrivée et ils atteignirent le grenier juste à temps. Ils restèrent tous les quatre, là, couchés dans la poussière, jusqu'à son départ. Malheureusement la fenêtre du grenier était bloquée, et ils ne purent l'apercevoir.

Plus tard, comme ils se trouvaient dans le salon, Jan montra une photographie sur la cheminée et demanda :

— Le bourgmestre ressemble-t-il à cet homme-là ?

— Oh ! non, répondit Frau Wolff, il est loin d'être aussi beau et aussi jeune.

— S'il nous trouve ici, est-ce qu'il va nous tirer dessus ? demanda Bronia.

— Il risque plutôt de *me* descendre parce que je vous ai cachés, intervint le fermier. Mais c'est un si mauvais tireur qu'il est capable de vous blesser par erreur. Bien sûr c'est notre évadé de prison qu'il devra abattre.

— Changeons de sujet, proposa Ruth, qui regardait le visage souriant du jeune homme sur la photographie. Elle demanda qui c'était.

— C'est mon fils aîné, dit Frau Wolff sans lever les yeux de son tricot. Père a pris la photo au moment de sa dernière permission, avant qu'il ne parte outre-mer.

— Vous ne nous avez jamais dit que vous aviez des enfants, dit Edek.

— Nous n'en avons plus, répondit Frau Wolff. Hans a été tué en plein désert dans un endroit qui s'appelle Tobrouk. Rudolf — c'est lui qu'on voit sur l'autre photo en uniforme, il se tient en retrait — Rudolf est mort après, en combattant contre les Russes à Varsovie.

— Vous voulez dire qu'il était dans l'armée du général Model ? dit Edek.

— Oui.

— Nous aurions pu le voir, dit Jan en étudiant attentivement la photographie. Ils portaient tous un uniforme comme celui-là. Ils se cachaient dans les ruines et nous tiraient dessus si nous osions sortir de notre trou. Nous les détestions.

— Je les aimais bien, dit Bronia. Ils me donnaient des bonbons.

— Mais non, c'étaient les Russes. Tu te trompes d'armée, dit Jan.

— Certains Allemands étaient gentils, dit Ruth, surtout au début de la guerre.

Jan regarda Frau Wolff, qui se concentrait sur son tricot ; puis il se tourna vers le fermier, qu'il n'avait jamais vu aussi triste ; et il reposa les yeux sur la photo. Qu'il y eût un rapport entre ces gens simples et le soldat de la photo le dépassait totalement.

Au bout d'un moment il s'adressa au fermier :

— Nous devrions être des ennemis mortels, vous et moi, dit-il.

— Votre seul ennemi mortel, répondit l'homme, est le bourgmestre, et vous n'avez guère eu encore à vous plaindre de lui.

— Tu n'aurais jamais pu détester Rudolf, Jan, dit Frau Wolff.

— Comment le savez-vous ?

— Parce qu'il aimait Ludwig comme toi. Il l'a dressé et en a fait le meilleur chien de garde que nous ayons jamais eu. Il s'est mis à dépérir quand Rudolf a été appelé au front, mais maintenant que tu es là il a presque retrouvé sa forme d'autrefois. Tu ressembles à Rudolf sous beaucoup d'aspects, aussi.

— Oh ! dit Jan.

— On l'a envoyé à Varsovie pour nous tuer, dit Ruth. Je ne sais pas s'il en avait très envie. Je suppose que s'il se trouvait ici maintenant il nous traiterait comme des amis. Tout cela paraît si stupide, si absurde.

— Vous aimeriez bien être notre maman, hein, Frau Wolff, dit Bronia.

— Oui, mon petit, c'est bien vrai. Mais vous avez votre maman à vous, et tout ce que nous pouvons faire c'est de vous aider à la retrouver. Elle se tourna vers Jan. Tu n'as pas de maman, Jan. Tu veux rester ici ?

— Oui, bien sûr. A cause de Ludwig. Mais je préfère partir avec Ruth. De toute façon, le poignard ne me permettra pas de rester, même si j'en ai très envie.

— Quel poignard ? demanda Frau Wolff.

Jan fut bien obligé d'aller chercher le poignard d'argent dans sa boîte à trésors.

— Quel magnifique objet, dit la fermière. D'où vient-il ?

Jan expliqua comment Joseph Balicki le lui avait donné très longtemps auparavant ; comment Ruth l'avait découvert ; et que, depuis, le poignard avait toujours été la preuve que Joseph était encore en vie et les attendait ; que, lorsqu'ils perdaient courage, il leur redonnait espoir et les poussait à continuer. Il posa alors le poignard sur la cheminée, à côté du portrait de Rudolf, et un rayon de soleil fit étinceler la lame.

Le lendemain « l'évadé de prison » était en train de ratisser le foin avec Edek lorsqu'une jeep passa sur la route, dans un nuage de poussière. Elle allait deux fois trop vite et elle venait de disparaître derrière un bosquet d'arbres quand retentit une grosse explosion ; il y eut un grincement de freins, un cri, puis ce fut le silence.

— Il a dû heurter un arbre, dit Jan.

— Son pneu a éclaté, observa Edek. Viens. On ferait mieux d'aller lui donner un coup de main. Quelqu'un a appelé à l'aide. Il est peut-être blessé.

— Non. Tu ne sais pas qui ça peut être. Edek, reviens !

Mais Edek avait déjà traversé la moitié du champ. Il dévala le taillis et trouva la jeep entre deux arbres, perpendiculaire à la route. Le pare-brise était fendu, et un homme d'âge moyen manipulait le loquet de la portière d'une main tout en essuyant de l'autre le sang sur son front.

— Mon pneu a éclaté, dit-il en sortant à grand-peine de la voiture. Je me suis retrouvé dans le fossé. Il s'agenouilla près de la roue avant. L'enveloppe est entièrement déchirée.

— Vous êtes gravement blessé ? demanda Edek en allemand.

— Non, non. Vous avez un mouchoir ? Celui-ci est dans un état lamentable.

— Je regrette, je n'en ai pas, répondit Edek.

La coupure n'était pas profonde, et au bout d'une minute ou deux le sang coulait moins.

Ils vérifièrent ensemble les dégâts. A part le pneu éclaté et des fêlures dans le coin du pare-brise qui avait heurté une branche, tout était en ordre.

— Et c'est aujourd'hui que ça m'arrive ! s'exclama l'homme. Alors que je suis si pressé !

— Je vais vous aider à changer la roue, dit Edek.

Désireux de rendre service, Edek oublia de se méfier, et il s'empara de la manivelle pour dégager la roue de secours tandis que l'homme, pressant son mouchoir sur son front, le regardait travailler. Edek lui lança un regard furtif — et il comprit immédiatement que c'était le bourgmestre. Cela ne l'inquiéta pas outre mesure, car son allemand était assez bon pour tromper l'oreille la plus experte.

— Vous travaillez pour Kurt Wolff ? demanda l'homme.

— Oui. Il a besoin d'aide à cette période de l'année.

— Je croyais que tous les réfugiés étaient partis.

Edek se mit à tousser. L'effort qu'il devait fournir pour soulever la roue de secours était trop pénible.

L'homme jeta son mouchoir ensanglanté et souleva la roue à sa place.

— Reposez-vous, dit-il.

Ludwig apparut à ce moment-là, ce qui voulait dire que Jan n'était pas loin. Le chien remua la queue et lécha la main d'Edek.

Tandis que l'homme installait le cric pour retirer la roue, Edek vit quelque chose tomber à ses pieds : un gland. Il leva les yeux et vit Jan perché au milieu des branches feuillues, qui lui faisait des signes désespérés.

— D'où venez-vous ? demanda l'homme en dévissant les écrous.

— Du Nord.

— Oh ! je vous avais pris pour un réfugié. Pouvez-vous me donner un coup de main avec la roue de secours — je crois que je me suis tordu le bras.

Edek essaya, mais l'effort lui donna une nouvelle quinte de toux.

— Je suis désolé. Je n'aurais pas dû vous le demander. Et le gosse dans l'arbre — il pourrait nous aider ?

Edek fut interloqué.

— Dans l'arbre ? dit-il faiblement. Ah ! c'est mon frère. Viens, Franz !

Mais Jan, qui croyait que l'homme ne l'avait pas remarqué, n'avait aucune envie de descendre.

— Viens nous donner un coup de main, Franz, cria Edek, expliquant à l'homme : je crois que Franz est un peu sourd.

Cette fois Jan sauta de son arbre.

— Alors vous venez du Nord, Franz ? demanda l'homme d'une voix forte.

Et comme Jan ne répondait pas, il ajouta :

— Il a l'air muet aussi.

— Oui, répondit Edek, faisant signe à Jan.

Celui-ci comprit et prit l'air absent et stupide tandis qu'il aidait l'homme à mettre la roue en place. Edek trouva qu'il en rajoutait avec ses expressions débiles et ses onomatopées, mais le bourgmestre ne parut rien remarquer de bizarre.

La roue changée, il était prêt à repartir et Edek se félicitait du succès de l'opération lorsque Bronia arriva brusquement et leur adressa la parole en polonais. Edek essaya de rattraper la gaffe en répondant en allemand, très surpris que l'homme ne semblât toujours rien remarquer.

Mettant le moteur en marche, il remercia abondamment les garçons pour leur aide, fit marche arrière pour rejoindre la route, et partit.

— Vous êtes deux cinglés pas piqués des vers, dit Jan tout retourné.

— Qu'est-ce qui t'a pris d'aller te fourrer dans cet arbre ? demanda Edek.

— Je voulais te prévenir que c'était le bourgmestre.

— Je le savais... Même un cinglé pas piqué des vers s'en serait aperçu. Mais je pense qu'on est passé à travers.

— C'est ce que tu crois, répondit Jan.

21

Les ordres

Le fermier était en train de se laver la figure dans l'évier après le travail du matin. Sa femme se plaignait toujours parce qu'il ne se rinçait pas assez et laissait les serviettes toutes noires. Ce jour-là il se montra pareil à lui-même car lorsqu'il tendit la main pour attraper la serviette ses sourcils étaient encore blancs de savon. Mais l'essuie-main n'était pas à sa place.

— Emma ! cria-t-il. Quand apprendras-tu à mettre une serviette propre quand la sale part au lavage ! Emma !

Il entendit des pas lourds dans la pièce et avec un empressement inattendu on lui glissa une serviette dans les mains.

— Merci ma chérie, dit-il.

Mais quand il eut essuyé tout le savon et put ouvrir les yeux sans risque, ce ne fut pas sa femme qu'il trouva en face de lui, mais le bourgmestre.

— La serviette se trouvait sur le dos de la chaise, expliqua l'homme.

Et il s'assit au bord de la table de la cuisine qui était son perchoir habituel quand il venait pour affaires.

— Je vous envie, Kurt, dit-il — il paraissait d'humeur à se plaindre ce jour-là — votre ferme est si paisible, les vaches paissent, les coqs chantent, l'époque des semailles et de la moisson, le rythme éternel des saisons... Vous êtes dans les vraies choses de la vie. J'échangerais volontiers ma place contre la vôtre. Je n'ai que des ennuis et jamais de plaisir. Les Américains me maudissent jour et nuit, et quand je rends visite à mes compatriotes je sais qu'ils me trancheraient la gorge s'ils le pouvaient. Je viens réquisitionner leur maison, leurs meubles, leur radio, leur nourriture, ou...

— Au fait, monsieur le bourgmestre. Vous voulez quelque chose de moi. De quoi s'agit-il ?

— Encore un ordre assommant — il ne vient absolument pas de moi, bien entendu. Il faut renvoyer chez eux tous les réfugiés polonais et ukrainiens, et c'est demain le dernier délai.

— Oh ! ce n'est pas une nouvelle. J'ai perdu mes derniers réfugiés il y a des semaines, vous le savez.

— Vous cachez des enfants polonais ici, dit le bourgmestre, et il lui raconta l'aventure de la veille.

— Et alors ?

— Ils doivent rentrer chez eux comme les autres.

— Ils ne le veulent pas. Leurs parents

sont en Suisse, et ils vont partir les retrouver.

Le bourgmestre éclata de rire.

— J'ai déjà entendu cette chanson. Tous ceux qui ont des problèmes dans leur pays partent à l'Ouest — en France ou en Suisse. Les Suisses deviennent très difficiles — trop de vilaines gens sont arrivées chez eux, des agitateurs, et même des agents secrets. A supposer que nous laissions ces enfants repartir, et ça ne risque pas, les Suisses ne marcheront pas. Pas s'ils n'ont pas la preuve qu'un des parents est en vie et se trouve déjà dans le pays.

— Emma ! appela le fermier. Edek est-il par là ?

Frau Wolff répondit de l'étage au-dessus :

— Il est dehors, dans la cour.

— Peux-tu lui dire que le bourgmestre voudrait lui parler ?

Le fermier prit le poignard d'argent sur le manteau de la cheminée et le montra au bourgmestre.

— Voici la preuve que leur histoire n'est pas du bluff, dit-il (et il lui raconta l'histoire du poignard).

Le bourgmestre se remit à rire.

— Il faut être un imbécile pour y croire, s'écria-t-il. La mère est soit morte, soit rentrée en Pologne à présent, et il y a une chance sur mille pour que le père ait survécu à sa traversée de l'Allemagne.

— Je sais qu'il est vivant, dit Edek, qui venait d'entrer. Je le sais dans mon cœur.

Et il reprit le poignard au bourgmestre pour le reposer sur la cheminée.

L'homme lui serra la main.

— Merci, Edek, pour votre aide d'hier. Vous êtes un être généreux. J'aimerais pouvoir vous traiter de la même façon. Votre allemand est parfait et votre accent m'a abusé. Où avez-vous appris notre langue ?

Edek lui décrivit les mois qu'il avait passés en Allemagne pendant la guerre.

— Quelle haine vous devez nous porter ! remarqua le bourgmestre.

— Je déteste les nazis qui ont emmené papa et maman, qui ont fait sauter notre maison et détruit notre ville. Mais tous les Allemands ne sont pas comme ça.

— Vous avez participé aux combats dans Varsovie ?

— Oui, dit Edek. Je faisais partie de la brigade des jeunes fusiliers. J'y suis entré à douze ans. Et il pensa à la nuit où il avait tiré sur les nazis de la fenêtre de sa chambre quand ils avaient emmené sa mère.

— Il y a quelques semaines deux des habitants de mon village ont été abattus par un Polonais qui n'était guère plus âgé que vous. Comme vous, il s'était enrôlé dans la brigade des jeunes fusiliers. Il est passé par la fenêtre de leur chambre et les a tués pendant leur sommeil. Il n'avait rien contre eux ; je pense qu'il ne savait même pas qui ils étaient. Vous comprenez pourquoi nous devons faire attention. Il y a eu d'autres cas du même genre. Depuis la fin de la guerre, les forêts sont le repaire des réfugiés qui pillent sans merci et assassinent par vengeance. Bien sûr tous ne sont pas comme ça. Mais dans l'intérêt de tous il faut qu'ils rentrent chez eux. Les Américains demeurent inflexibles sur ce point et je ne les en blâme pas.

— Il va nous laisser partir, Edek ? demanda Ruth qui venait d'entrer avec Bronia, Jan et Ludwig.

— Non, répondit Edek, et il leur raconta ce que le bourgmestre avait dit.

— Un camion viendra vous chercher demain à midi, dit le bourgmestre. Je compte sur vous pour être prêts. Par amitié je vous conseille de ne pas tenter de vous évader. Il n'y a qu'une route, comme vous le savez, et elle est gardée par des patrouilles. Il y en a aussi dans la forêt, et les Américains tirent à vue.

Ruth, qui avait compris le fond de la conversation, commença à plaider auprès de lui en polonais. Elle demanda à Edek de le supplier de porter leur affaire directement devant les Américains.

— C'est sans espoir, répondit le bourgmestre d'un ton las. On a essayé un tas de fois, sans aucun succès. Ils ne tiendront compte que d'un laissez-passer des autorités suisses, et il est hors de question que vous l'obteniez.

— En vingt-quatre heures, certainement, dit le fermier. Mais si vous leur accordez plus de temps ce n'est pas exclu.

— Le délai a été fixé, et ce n'est pas moi

qui en ai décidé, dit sèchement le bourgmestre. Au revoir.

Il s'inclina avec raideur et s'en alla.

Ludwig, qui n'aimait pas plus le bourgmestre que les autres, grognait et aboyait, et Jan le retint par son collier.

— Je le lâche, Ruth ? Ça me ferait tellement plaisir de le voir faire un trou dans le fond de culotte du bourgmestre — et dans sa chemise qui pend derrière.

Ruth attrapa le collier du chien, et ne le lâcha que lorsqu'elle entendit démarrer le moteur.

La jeep descendit le chemin jusqu'à la grand-route en accélérant au maximum, soulevant un nuage de poussière, suivie par Ludwig qui la serrait de très près. Les collines renvoyèrent l'écho de ses aboiements indignés.

22

Le fermier a une idée

Normalement le fermier ne trayait pas ses vaches lui-même : il laissait ce travail aux autres. Mais quand il se sentait déprimé ou qu'il avait besoin de réfléchir un peu, il s'y mettait quelquefois. Assis sur un tabouret, le front appuyé sur le flanc d'une vache, il faisait gicler le lait dans le seau — voilà qui lui inspirait des pensées profondes !

Tout l'après-midi il s'était demandé comment duper le bourgmestre et permettre aux enfants de s'enfuir. Envoyer des télégrammes au Service de recherches, à Berne, au consul suisse à Munich, les cacher dans une grotte — un tas d'idées lui vinrent, aussi absurdes les unes que les autres. N'ayant trouvé aucune solution à l'heure de la traite des vaches, il se rendit à l'étable.

Et là, au bout de cinq minutes, une idée jaillit dans son esprit.

Dès qu'il eut fini de traire, il rassembla les enfants et les emmena dans le grenier.

Là, sous un tas poussiéreux de papier d'emballage, de caisses défoncées, de skis et de vieilles bottes, il découvrit deux longs sacs de toile. Leurs poignées de cuir étaient vertes de moisissure. On n'avait pas dû y toucher depuis des années.

— Ruth et Jan peuvent prendre celui-ci, Edek va m'aider à porter l'autre, dit le fermier. Attention, ils sont plus lourds qu'ils n'en ont l'air. Bronia, descends la dernière et ferme la trappe derrière nous. Fais attention à ne pas tomber en bas de l'échelle.

Très intrigués, les enfants obéirent.

Dans un nuage de poussière qui provoqua la fureur de Frau Wolff — qui faisait des gâteaux — ils laissèrent tomber les sacs sur le carrelage de la cuisine. Elle les obligea à les emporter dans la cour.

Ils sortirent donc, titubant sous leur fardeau. Quelques poules égarées fuirent en gloussant. Et les enfants essuyèrent leurs mains noires sur leurs vêtements.

— Doucement, doucement, dit le fermier tandis qu'ils essayaient maladroitement de défaire les attaches.

Le sac de Ruth fut ouvert en premier. Par-dessus une masse de matériau moisi — était-ce de la toile ou du caoutchouc ? — se trouvait un tas de bâtons avec des embouts de métal. De quoi pouvait-il bien s'agir ?

Le second sac fut ouvert, et son contenu paraissait identique.

— Ne mélangez pas les deux, dit le fermier. Je vais en monter un pendant que vous me regardez faire. Vous monterez l'autre vous-mêmes.

Et quand ils lui demandèrent pour la énième fois ce que c'était, il répondit :

— Ah !...

Il commença par ajuster les tiges en fixant les embouts — il y en avait six de la même longueur, qui s'emboîtèrent les uns dans les autres. Une carcasse prit forme. Et, avant que le fermier n'eût commencé à poser la toile, Jan s'écria :

— Un canoë !

— C'est une sorte de pari, dit l'homme, mais c'est votre seule chance de vous en sortir. L'un de vous a-t-il déjà fait du canoë ?

— Oui, répondirent en même temps Ruth et Edek.

— Papa nous a emmenés dans les montagnes de Pieniny un été, dit Ruth. Nous avons loué des canoës à deux places pour descendre la rivière, et nous les avons renvoyés par le train.

— L'un de ces canoës est un biplace, dit le fermier. Ils appartenaient à mes fils. Vous avez déjà navigué sur des eaux dangereuses ?

— Le Dunajec n'était pas particulièrement dangereux, sauf là où sortaient des rochers, répondit Edek.

— Il y a seulement deux passages difficiles sur la rivière Falken, dit le fermier, les rapides qui se trouvent à dix kilomètres du village, et l'endroit où la rivière se jette dans le Danube. Restez au milieu du courant, évitez les écueils, et tout ira bien.

Il se garda de leur dire combien les rapides étaient traîtres, et qu'il avait attendu très longtemps avant de permettre à ses fils de s'y risquer seuls. Et puis, les canoës avaient des années. Résisteraient-ils à ce voyage ?

Ensemble, Edek et Jan montèrent le second canoë suivant les instructions du fermier. Au bout d'un moment, poussiéreux, cabossés mais reconnaissables, deux canoës leur tendaient les bras.

— Bien sûr, il va falloir d'abord les essayer, dit le fermier, et il est préférable de le faire à la nuit.

— Et les pagaies ? demanda Edek.

Ils remontèrent au grenier, où ils trouvèrent trois pagaies à double pale, dont l'une était cassée en deux ; une autre avait une pale brisée. Le fermier s'occupa des réparations après avoir envoyé les enfants dîner et se coucher. Ils devaient se reposer quelques heures, car leur projet ne réussirait que s'ils partaient très tôt le matin, avant le jour. Il pouvait y avoir beaucoup d'autres problèmes. Certaines parties de la rivière étaient très dangereuses. Était-elle surveillée près du village ? Il faudrait aux quatre enfants beaucoup de chance et d'habileté pour surmonter tous ces obstacles. Mais c'était la seule issue.

Jusqu'à la nuit, il répara les pagaies et rajusta les planches fendues au fond des canoës. Trois des quatre ballonnets (un à chaque extrémité) étaient percés et le quatrième était irrécupérable. Le temps manquait pour en trouver d'autres, aussi il fallut rapiécer ceux-là.

La lune ne s'était pas encore levée quand il transporta les canoës sur une remorque accrochée à son tracteur, pour les essayer sur la rivière. Le grand était en état de naviguer, mais l'autre fuyait en plusieurs endroits. Le pontage paraissait assez solide. C'était le fond qui nécessitait une attention particulière. Il n'avait que du talc sur lui, et il fit de son mieux, à la lumière d'une lampe électrique, pour réparer.

Peu après trois heures du matin, il fit monter les quatre enfants ensommeillés sur sa remorque, en compagnie de Frau Wolff, et il les conduisit jusqu'à la rivière, par le chemin cahoteux.

— J'ai trouvé les bâches imperméables qui vont avec les canoës et je les ai réparées pour vous, leur dit la fermière. Fixez-les solidement aux bords des bateaux, ou vous serez trempés. Et je vous ai aussi préparé des provisions.

— Vas-y doucement avec la nourriture, Emma, cria le fermier, par-dessus le vacarme du tracteur. Nous n'allons pas les faire couler.

Au bord de la rivière, il arrêta le moteur. Ils distinguaient à peine la rivière sous les arbres sombres, mais le murmure de l'eau qui courait, chantait comme de la musique à leurs oreilles. Vite, vite, partons sur le

Danube, disait-elle. Vite, vite, nous allons en Suisse.

— Dites au revoir à Ludwig pour moi, dit Jan. Il va me manquer affreusement.

— Ludwig est dans les bois. Je l'ai entendu aboyer, dit Bronia.

— Ludwig dort dans son panier à la maison, dit Frau Wolff.

— Écoutez-moi tous, dit le fermier. Votre sécurité dépend de vous et des bêtises que vous ferez. Edek et Jan, vous feriez mieux de vous installer dans le biplace. Vous prendrez les bagages avec vous. Couvrez-vous de ces bâches imperméables : passez votre tête et vos mains dans les trous et fixez-les au rebord du canoë. Ça empêchera l'eau d'entrer. Ruth et Bronia, vous devrez vous arranger avec une seule bâche. Attachez bien les tabliers au bord.

Quand ils furent tous installés, et que leurs quelques bagages furent bien amarrés, il leur donna ses dernières instructions :

— Le Danube n'est qu'à cinquante kilomètres, aussi vous n'avez pas beaucoup de chemin à faire. Restez au milieu du courant si vous pouvez — la rivière est plus rapide là-bas. Vous n'avez pas besoin de beaucoup pagayer, sauf là où il y a des rochers. Pour le reste, allez tout droit et le courant fera le reste. Si vous avez des difficultés, allez sur le côté, l'eau y est peu profonde et plus lente. Souvenez-vous : pas un bruit pendant la traversée du village. Il n'y a pas de lune maintenant et personne ne devrait vous voir. Mais s'il y a des coups de feu, aplatissez-vous au maximum. Au revoir, et bonne chance.

— Dieu vous bénisse, mes enfants, dit Frau Wolff.

— Nous ne pourrons jamais assez vous remercier pour tout ce que vous avez fait pour nous, dit Ruth.

— Je ferai un dessin de la ferme avec vous deux, et je ne vous oublierai jamais, dit Bronia.

Les deux garçons agitèrent leurs pagaies.

Le fermier poussa légèrement les deux embarcations. Ruth, serrée avec Bronia à l'intérieur du canoë monoplace en frêne, appuya très fort sur sa pagaie et se dirigea vers le milieu du courant, suivie de près par Edek et Jan. Jetant un regard par-dessus son épaule, elle vit les deux silhouettes pâles sous les arbres qui agitaient silencieusement la main — un peu tristement, se dit-elle. Ils disparurent bientôt dans la nuit.

— C'est tout chaud là-dedans, dit Bronia, on se croirait dans un nid. Je suis si contente d'être dans ton bateau, Ruth. Je parie que les autres nous envient.

Elles étaient maintenant entraînées par le courant, leur canoë avançait doucement et sûrement ; Edek et Jan se trouvaient à une longueur en arrière. Elles entendaient le bruit de leurs pagaies dans l'eau et Jan qui appelait. Quelque chose qui n'allait pas ?

Ruth rama à rebours, attendant qu'ils arrivent à sa hauteur.

— Ne crie pas, Jan, dit-elle.

— L'avant penche terriblement. Il y a quelque chose de très lourd à l'intérieur, Ruth, dit Jan.

— Passe-moi ce qu'il y a dedans, dit Edek. Il y a de la place à l'arrière.

Jan souleva le tablier imperméable et tendit la main sous lui.

— Oh ! Ça bouge... c'est vivant... et mouillé ! cria Jan.

— Peut-être qu'un poisson est entré par le fond, dit Bronia très inquiète.

Mais Jan avait déjà deviné ce qui se cachait là. Il sentait un nez mouillé. Leur voyageur clandestin était Ludwig. Il se mit à frétiller de joie, respirant avidement l'air frais et léchant les mains de Jan, ravi d'avoir réussi son coup. Jan ne pouvait être plus heureux, même si la présence de ce passager risquait de provoquer leur naufrage.

23

Les eaux dangereuses

Le courant était rapide. Les grandes collines boisées glissaient dans la nuit. Un instant, la lune sortit d'un nuage et donna un éclat argenté à la rivière ondoyante.

— Cache-toi, la lune, murmura Ruth. Attends que nous ayons dépassé le village pour te montrer.

Côte à côte, les deux canoës accéléraient leur allure.

Sur la rive gauche le contour de la colline redescendait. Ces formes sombres étaient-elles des maisons ? Avaient-ils atteint le village ?

La lune réapparut. Elle avait mal choisi son moment, car ils se trouvaient effectivement dans le village, entre deux rangées de maisons serrées les unes contre les autres, et sur la gauche ils aperçurent brusquement une place où étaient garés des camions. Ils se touchaient presque tant ils étaient rapprochés, et il y en avait plusieurs rangées. Ce devaient être les camions qui remmenaient les réfugiés polonais en Pologne. La gorge de Ruth se serra et elle se dit que s'ils étaient repérés maintenant, on les emmènerait eux aussi.

— Attention au pont, dit Edek.

Il fila tout droit, se dirigeant vers l'arche du milieu. S'éloignant de la place, Ruth rama en direction de l'arche de droite.

Le canoë d'Edek passa sous l'arche et disparut dans l'ombre. Trop à droite, Ruth se trouva prise dans les eaux plus lentes. Elle dériva sur le côté, jusqu'à la base de l'arche.

A cause du bruit de l'eau, elle n'entendit pas les pas sur le pont. Mais elle vit l'ombre d'un homme bouger sur l'eau. Elle se mit à ramer comme une folle pour se dégager.

— L'eau entre, je la sens sous moi, se plaignit Bronia.

Un homme cria, et son ombre s'allongea sur l'eau.

Le canoë était encore bloqué contre l'arche, et l'eau exerçait une pression de chaque côté, menaçant de briser l'arrière. La jeune fille appuya très fort sur sa pagaie et réussit à se dégager un peu.

L'homme était juste au-dessus d'elle, il criait et faisait des signes, mais elle ne comprenait pas ce qu'il disait. Un chien aboyait dans le lointain.

Elle vit deux jambes apparaître sous le parapet et frotter contre la pierre. Un soldat américain.

Avec un dernier effort elle poussa sur

l'arche, et libéra l'embarcation. Mais le soldat avait franchi le parapet et il sauta dans l'eau peu profonde sur le côté. Il attrapa la pagaie et s'y cramponna.

Ruth tira, tourna sa pagaie, puis la lâcha, et le canoë s'éloigna, plongeant dans l'ombre sous l'arche. Surpris, le soldat perdit l'équilibre et tomba dans la rivière à la renverse.

Quand le canoë dépassa le pont, Ruth se rendit compte qu'elle était à la merci du courant. Bronia n'avait pas de pagaie et ne pouvait être d'aucun secours.

Deux ou trois balles tirées depuis le pont sifflèrent près de sa joue, et elle obligea Bronia à plonger son visage dans la bâche. Elle essaya de distinguer l'autre canoë devant elle.

La lune disparut alors derrière un nuage, et elles furent englouties par la nuit.

Les coups de feu avaient cessé, mais, emportée au gré du courant, Ruth se sentit impuissante. De temps en temps la vitesse les gagnait, l'avant fendait l'écume des eaux qui jaillissaient sur la toile du canoë.

— Je suis assise dans la rivière, dit Bronia.

Mais Ruth ne fit pas attention à elle.

— Edek ! Jan ! criait-elle.

En contournant un méandre, elles furent entraînées vers la rive droite. La rivière devint plus calme, et bientôt le fond du canoë se heurta aux galets et elles durent s'arrêter.

Ruth enfonça la main dans l'eau et

essaya de remettre le canoë à flot. Mais elles étaient coincées. Une pâle lueur éclairait maintenant le ciel, et soulignait le contour des collines sombres. Il faisait encore trop nuit pour voir vraiment, mais elle distinguait les rochers dans l'eau, arrondis comme le dos des hippopotames.

— Il faut qu'on descende pour pousser, dit-elle.

Elles entrèrent dans l'eau, qui ne leur arrivait guère plus haut que la cheville, et le canoë se remit aussitôt à flotter. Le cordage dans une main, Bronia marchant à ses côtés, elle tira doucement l'embarcation jusqu'à un gros rocher en forme de V qui semblait s'avancer dans la rivière. Elle la déposa à sec, sur un lit de galets, puis elle installa Bronia sur le rocher.

— Il va falloir attendre ici jusqu'au jour, dit-elle.

Elles se serrèrent donc l'une contre l'autre, frissonnantes, et quand l'aube se leva elles purent distinguer la boucle de la rivière, écumeuse et agitée au milieu, peu profonde et jonchée de pierres sur les côtés, encadrée par les pentes boisées ; il n'y avait pas une âme en vue. Pas trace d'Edek ni de Jan. Elles se sentaient complètement abandonnées.

Bronia aperçut alors quelque chose qui leur redonna espoir. Au fond de l'eau, près de l'extrémité du rocher en forme de V, il y avait un bâton qui pourrait leur servir de pagaie. Elle alla le chercher et découvrit que c'était la pagaie qu'elles avaient perdue. Une chance inespérée !

Elles retournèrent le canoë pour le vider de son eau. Puis, pleines d'une confiance nouvelle, elles le lancèrent sur l'eau, sautèrent à l'intérieur, et se dirigèrent vers le milieu du courant. Elles se rapprochaient des rapides.

Le courant les entraînait de plus en plus vite. La rive défilait comme l'éclair. Elles se trouvèrent bientôt dans une sorte de gorge, entre d'énormes blocs, parfois hauts comme des maisons. Certaines vagues avaient plus de un mètre de haut, et l'écume venait leur gifler le visage. Le tumulte de l'eau était si fort qu'on ne s'entendait plus. Sur la gauche il y avait des remous d'une violence telle qu'ils devaient vous engloutir au passage.

Bronia ferma les yeux et se cramponna à la taille de sa sœur. Ruth n'était pas aussi terrifiée qu'elle s'y était attendue. Pleine d'une joie triomphante, elle maniait la pagaie habilement, s'écartant des parties écumeuses de la rivière, là où se cachaient les rochers, suivant toujours le flot. De temps à autre un bloc se dressait devant elle, et elle savait que si le canoë le heurtait elles seraient déchiquetées. Mais un rapide coup de pagaie au bon moment suffisait à éviter le danger.

Très vite la rivière s'élargit, les blocs devinrent moins menaçants, et les rives boisées reparurent. Elles avaient franchi l'obstacle terrifiant des rapides. Ruth espéra qu'Edek et Jan, dont le canoë à deux places était beaucoup plus difficile à manœuvrer, s'en étaient aussi bien sortis qu'elles.

La pagaie semblait maintenant inutile, car il n'y avait plus de rochers dans l'eau et le courant était régulier. Elles pouvaient s'étendre et laisser le canoë suivre son chemin.

Bronia ferma les yeux et s'endormit. Ruth contempla le ciel bleu au-dessus d'elle et le soleil qui poursuivait son ascension. Une journée brûlante s'annonçait, et elle se mit à sommeiller elle aussi.

Elle fut réveillée par un bruit de toile déchirée, et elle s'aperçut que l'eau lui montait jusqu'aux cuisses. Le canoë avait atterri sur un lit de pierres et un caillou tranchant avait transpercé le fond. Elle regarda autour d'elle. La rivière était très large à cet endroit, et elles se trouvaient tout près de la rive droite, où l'eau était peu profonde. Il serait très facile de passer à gué. Elles sautèrent donc du canoë plein d'eau qu'elles traînèrent sur les galets et le hissèrent sur le rivage.

— La fente est trop grande pour qu'on la répare, dit Ruth. Nous allons laisser le canoë ici et continuer à pied. Le Danube ne doit plus être très loin maintenant.

Elles trouvèrent un sentier qui se faufilait entre les arbres et elles le suivirent jusqu'à la dernière grande courbe avant l'endroit où la rivière se jetait dans le Danube, à Falkenburg. Il n'y avait plus de forêts, mais seulement des champs verdoyants, une route de campagne poussiéreuse, et une pointe de terre qui s'avançait dans l'eau.

Ruth se dirigea vers le rivage, car elle pensait avoir de là une bonne vue sur le fleuve et, avec un peu de chance, apercevoir Edek et Jan. Mais, à part deux meules de foin inachevées, la rive était déserte. Elle ignorait que deux sentinelles s'étaient postées là presque toute la matinée, pour guetter l'arrivée de leur canoë. Fatigués d'attendre, ils avaient grimpé sur l'une des meules et s'étaient relayés pour dormir.

Une pomme à moitié mangée lui tomba sur l'épaule, et elle sut qu'ils étaient là. Puis il y eut un aboiement, et Ludwig arriva pour lui lécher les chevilles.

— Où étiez-vous pendant tout ce temps ? demanda Jan, qui se tenait en haut de la meule. Nous avons pensé que vous aviez été emportées par les rapides. Il lança un coup de coude à Edek qui dormait, et celui-ci atterrit, couvert de foin, aux pieds de Bronia.

Les retrouvailles furent très joyeuses.

— Nous avons fait naufrage nous aussi, dit Edek, mais nous avons navigué plus longtemps que vous avant d'échouer au bord de l'eau.

A cent mètres à peine un convoi de camions américains passa sur la route dans un nuage de poussière. Ils étaient remplis à craquer de réfugiés, polonais pour la plu-

part, tous d'humeur sombre et silencieux.
Mais les enfants étaient si occupés à parler
et à rire de leurs aventures qu'ils ne s'en
aperçurent même pas.

24

Disparition

Ils entrèrent dans Falkenburg, traversèrent le Danube et trouvèrent un camion qui les emmena pendant quelques kilomètres sur la route en direction de la Suisse. Puis ils se remirent à marcher.

Trois jours plus tard, fatigués et joyeux, ils campèrent au bord de la route.

— Plus que cent kilomètres jusqu'au lac de Constance, dit gaiement Ruth, tout en cherchant un endroit sec pour y faire dormir Bronia.

— Le lac de Constance se trouve-t-il en Suisse ? demanda celle-ci d'une voix endormie.

— La Suisse se trouve de l'autre côté du lac, dit Ruth. Couche-toi ici, Bronia. L'herbe est douce et épaisse.

— Est-ce que maman nous attendra de l'autre côté ? demanda Bronia.

— Peut-être, répondit Ruth. Et comme le jour baissait personne ne remarqua qu'elle avait des larmes dans les yeux.

La boîte à trésors de Jan était l'une des rares choses qu'ils avaient sauvées dans le naufrage des canoës. Il avait été trop occupé pour y penser mais ce soir-là il décida de l'ouvrir pour s'assurer que toutes ses richesses étaient bien là. Le museau de Ludwig posé sur ses genoux, il enleva le couvercle et compta ses trésors un par un. Brusquement, il bondit sur ses pieds.

— Le poignard a disparu ! s'écria-t-il. Quelqu'un l'a volé.

— Personne ne ferait une chose pareille, dit Ruth. Je vais regarder.

Elle vérifia le contenu de la boîte, mais le poignard ne s'y trouvait pas. Réfléchissant à la dernière fois qu'elle l'avait vu, elle dit :

— Tu l'as montré à M. et Mme Wolff, Jan, et tu l'as posé sur la cheminée à côté de la photo de Rudolf. Est-ce que tu l'y as laissé ?

Un instant, Jan cessa de tempêter, puis il grogna « Oui ! », et se précipita sur la route.

Ruth n'en dit pas plus. Bronia se pelotonna sous sa couverture, dormant déjà. Ruth s'occupa de son frère. Depuis l'aventure du fleuve, Edek toussait à fendre l'âme, et il se plaignait très souvent d'avoir de plus en plus mal dans la poitrine. Elle était effrayée de voir à quel point il avait l'air malade, décharné. Elle prit dans son sac un chandail que lui avait donné Mme Wolff. Elle l'obligea à l'enfiler et à s'étendre dans sa couverture.

Il s'arrêta bientôt de tousser et resta tranquille.

— Où est parti Jan ? demanda-t-il.

Ruth leva les yeux. Il faisait presque nuit maintenant, et elle ne vit Jan nulle part. Ni Ludwig. Elle se leva et appela. Une voix lui répondit du bout de la route :

— Je vais chercher le poignard.

— Quel petit idiot, explosa Ruth (et elle courut après lui).

Elle le ramena au bout de quelques minutes, le grondant énergiquement, lui faisant remarquer que les Wolff étaient d'honnêtes gens et veilleraient sur le poignard jusqu'au jour où on le leur réclamerait.

Maussade, furieux, plongé dans une humeur noire, il commença par ne rien répondre. Mais quand Ruth se coucha pour dormir, il marmonna :

— J'y retourne de toute façon.

— Allume-nous un feu, Jan, dit Ruth. Edek n'est pas bien et cela l'aidera à dormir.

La nuit était chaude et ils n'avaient pas besoin de feu. Mais elle était sûre que Jan ne les quitterait pas s'il se concentrait sur une tâche pratique. Cependant quand le feu se mit à flamber et que les trois enfants s'endormirent, elle se força à rester éveillée, au cas où il se passerait quelque chose.

A minuit le feu n'était plus qu'une lueur rougeâtre. Elle ne dormait toujours pas. Dans le calme de la nuit une voix prononça son nom en haletant.

— Edek ! Je croyais que tu dormais, dit-elle.

— Je ne peux pas dormir, j'ai trop mal, répondit Edek. Je ne peux plus... continuer.

— Tu te sentiras mieux demain matin, dit Ruth.

— Je ne peux plus marcher, souffla Edek.

— On fera du stop. Il n'y a plus que cent kilomètres.

— Aucune voiture ne va dans cette direction, répondit Edek.

Elle lui parla calmement pendant un moment et, après une autre quinte de toux, il s'endormit. Mais l'inquiétude empêcha Ruth de s'assoupir. Il avait changé depuis les dernières vingt-quatre heures. S'ils ne se hâtaient pas d'arriver en Suisse, peut-être ne survivrait-il pas.

Les heures passèrent, et elle resta éveillée.

Une autre voix s'éleva dans l'obscurité. C'était celle de Jan.

— Ruth, si Edek meurt, est-ce que je pourrai avoir ses chaussures ? demanda-t-il.

— Il ne va pas mourir, dit Ruth, se forçant à parler calmement.

— Il mourra si je n'ai plus mon poignard, affirma Jan. Et nous ne retrouverons jamais ton père. Il m'a donné le poignard, et c'est notre guide, notre bouée de sauvetage. Nous ne pouvons pas nous en passer.

Il parlait avec une telle certitude qu'elle le crut presque. Il était vrai que la chance

leur avait souri tant qu'ils avaient gardé le poignard. Et maintenant Edek était plus gravement malade qu'il ne l'avait jamais été. Mais elle dit seulement :
— Dors, Jan. Tout ira bien.
Jan ne se rendormit pas. Mais Ruth céda au sommeil. Juste avant l'aube, ses yeux se fermèrent malgré elle.
Quand elle s'éveilla le feu était éteint et le soleil apparaissait derrière les collines. Jan et Ludwig étaient partis. Une couverture fripée et de l'herbe écrasée montraient l'endroit où ils avaient dormi.
Ruth pensa tout de suite à se précipiter à la recherche de Jan. Mais un coup d'œil aux deux enfants endormis lui rappela qu'elle avait d'autres responsabilités plus urgentes. Elle toucha doucement la main d'Edek, qui était à peine tiède. Son visage était d'une pâleur alarmante. Prise de panique, elle se pencha pour écouter sa respiration. Dieu merci, il respirait toujours. Mais il donnait l'impression qu'il serait incapable de se lever, et encore plus de marcher.
La route était déserte, Ruth ne voyait personne à l'horizon. Sa solide confiance parut l'abandonner et elle se sentit plus seule que jamais. Ce que Jan avait dit à propos du poignard était-il vrai ?
Avec un effort de volonté farouche elle se prit en main et commença à préparer le petit déjeuner. Dans le sac il y avait encore des provisions que leur avait données Mme Wolff.
Bronia fut la première à se réveiller, et

elle mangea avec appétit. Elle ne s'inquiéta nullement du départ de Jan et de Ludwig.

— Jan peut s'occuper de lui-même, dit-elle gaiement.

— Il oublie que nous avons peut-être besoin de lui pour s'occuper de nous, observa Ruth.

Edek fut réveillé par le soleil sur son visage. Il était trop abattu pour s'apercevoir que Jan et Ludwig avaient disparu. Ruth ne réussit pas à le persuader de manger un peu.

— Edek ne se sent pas bien ? Il a les yeux vitreux, dit Bronia.

— Je suppose que c'est la chaleur, répondit Ruth (et sa sœur parut tranquillisée).

Malgré l'heure matinale, le soleil était déjà chaud. Une autre journée torride s'annonçait.

Ruth dut presque soulever Edek pour le mettre debout. Quand elle le lâcha, il retomba. Avec l'aide de Bronia, elle le fit lever une seconde fois, et, le soutenant de chaque côté, elles partirent en titubant sur la route. Edek parut à peine comprendre qu'il devait marcher, et au bout de quelques pas il y réussit avec seulement l'aide de Ruth. Mais il avançait comme un somnambule et il donnait l'impression qu'il allait s'effondrer d'un instant à l'autre.

— Est-ce qu'on va trouver un stop aujourd'hui ? demanda Bronia.

— Bien sûr que oui, répondit Ruth.

— Hier le chauffeur a dit qu'il n'y avait

aucune circulation sur cette route en direction de la Suisse, dit Bronia.

— Il s'est trompé, dit Ruth. Regarde : voilà quelqu'un.

Mais ce n'était qu'un ouvrier à bicyclette, et il leur jeta à peine un regard au passage.

« J'aurais dû lui demander de l'aide », se dit Ruth lorsque, après une heure de marche pénible, personne d'autre n'était apparu.

Edek s'écroula alors. Il avait le front couvert de sueur et il répétait sans arrêt :

— Je ne peux pas continuer, je ne peux pas continuer.

Ruth l'entraîna à l'ombre et elle dit à Bronia de rester au bord de la route et d'arrêter la première personne qui passerait.

Une femme en pantalon s'approcha, poussant une brouette devant elle. Ruth lui fit comprendre qu'ils avaient besoin d'aide, mais elle haussa les épaules et continua son chemin. Un peu plus tard arriva un camion recouvert d'une bâche. Il s'arrêta quand il vit Bronia lui faire signe. Elle lui adressa la parole en polonais. C'était un G.I. américain. Son visage s'éclaira quand il l'entendit parler, et à sa stupéfaction il lui répondit dans sa langue.

Il descendit de son camion, tout en allumant une cigarette.

— Vous arrivez de Pologne vous aussi ? demanda Bronia, oubliant un instant sa mission.

— Pas exactement. Mes parents étaient polonais, mais je viens des États-Unis, dit l'homme. Nous sommes partis là-bas avant la guerre. Je m'appelle Joe Wolski. Joe, si vous préférez. C'est bon d'entendre une voix polonaise. Il se pencha et lui prit la main. Alors, jeune fille. Quel est votre problème ?

25

Joe Wolski

Ils s'entassèrent sur le siège avant du camion à côté de Joe Wolski, et ils repartirent vers la Suisse.
— Maintenant vous allez me raconter que vous arrivez de Varsovie à pied, dit Joe.
— Exactement, dit Bronia.
— Ça fait un sacré bout de chemin, s'exclama Joe. La ville a dû drôlement changer depuis que je suis parti. J'avais juste six ans quand mes parents m'ont emmené vivre en Amérique. La vie me plaît beaucoup là-bas, et on ne peut pas dire que je regrette d'être parti. Comment va le môme ?
Le « môme », Edek, était assis près de la portière, et l'air frais qui entrait par la fenêtre ouverte l'avait déjà ranimé.
— Est-ce qu'il veut une cigarette ? demanda Joe.
Edek secoua la tête.
— Et vous, mademoiselle ?
Ruth refusa aussi, et elle regarda Joe lâcher le volant des deux mains pour allumer sa cigarette ; d'un coup de coude il rec-

tifia brusquement un virage. Après sa nuit presque blanche elle était trop fatiguée pour faire quoi que ce soit. Elle appuya sa tête contre le dossier du siège. Ils avaient eu beaucoup de chance en trouvant ce camion, mais elle était terriblement inquiète pour son frère.

Le paysage se déroulait sous ses yeux — des arbres, des collines, des villages — et au bout d'un moment Ruth s'arracha à sa tristesse et demanda à Joe où il les emmenait.

— Ne vous souciez de rien, ma petite, répondit-il. Pensez à vos affaires et je me charge de vous conduire où vous voulez.

— Mais nous vous connaissons à peine, nous ne savons même pas ce que vous faites, protesta Ruth.

— Je représente l'occupation, dit-il. L'armée m'a fait apprendre le français pour que je puisse aller à Paris — et ensuite ils m'ont envoyé en Allemagne parce que je ne sais pas un mot d'allemand. Je suis là pour inculquer l'esprit d'occupation aux gens, pour leur dire qu'ils ont tous grandi de travers. Mais ils sont si malades et fatigués qu'ils se contentent de me regarder fixement. Ce n'est pas souvent que nous avons la chance d'aider quelqu'un... Oh ! on a failli y avoir droit !

Il venait d'essayer d'allumer une autre cigarette et le camion, faisant une embardée, était presque rentré dans un arbre en dérapant. Il tourna le volant de justesse, envoya un baiser à l'arbre, et continua sa route.

— Qu'est-ce que c'est que ce bruit ? demanda Bronia. J'ai cru entendre un aboiement. Vous n'avez pas écrasé...

— Non, non, dit Joe. Ce sont seulement les pneus qui crient, j'imagine. Vous allez vous y habituer. Et à propos de gens qui grandissent de travers, cet arbre est un bon exemple. Il faut vraiment être idiot pour l'avoir planté là.

— Vous dites des bêtises, protesta Ruth. Il est tout à fait en dehors de la route. Soyez intelligent et laissez-moi tenir le volant pendant que vous allumez votre cigarette.

Bronia demanda au bout d'un moment :

— Qu'y a-t-il à l'arrière du camion, Joe ?

— Ça ne vous regarde pas, répondit-il.

— Je peux m'y installer ? dit-elle.

— Ça ne vous plairait pas, déclara Joe. Il y a deux ours et une hyène là-dedans.

— Jan serait ravi, dit Ruth.

— Qui est Jan ? C'est votre petit ami ? demanda Joe.

Bronia se mit à rire et lui dit que c'était un ami à eux qui s'était enfui.

— Ah ! dit Joe (et un léger sourire effleura ses lèvres). Pourquoi s'est-il enfui ?

Bronia lui raconta toute l'histoire, et quand elle eut fini Joe dit :

— J'ai rencontré une fois un gosse qui s'est enfui comme Jan. J'avais passé la nuit à l'arrière de mon camion — tout seul, notez bien — et quand je me suis réveillé le matin je l'ai trouvé étendu à côté de moi. Il avait dû grimper à l'intérieur pendant mon sommeil. Je l'ai secoué et je lui ai demandé ce qu'il foutait là. Il m'a répondu qu'il allait vers le nord et m'a demandé de l'emmener si j'allais dans cette direction... j'ai oublié le nom du village qu'il m'a dit. Un endroit au nord du Danube. J'allais effectivement vers le *nord,* mais quand j'ai entendu son histoire j'ai changé d'avis. Je lui ai dit que ce n'était pas malin d'avoir laissé tomber sa famille. Il m'a lancé des coups de pied, il s'est déchaîné contre moi comme un fou, et m'a traité de tous les noms possibles. Vous savez ce qu'il faut faire avec un gamin comme ça ? Le ligoter et le laisser au fond du camion jusqu'à ce qu'il soit calmé. Et c'est ce que j'ai fait.

Bronia s'apprêtait déjà à poser une question, quand un aboiement retentit derrière elle.

— Ça doit être la hyène, dit Joe. Vous voulez jeter un coup d'œil ?

Il arrêta le camion au bord de la route, Ruth et Bronia descendirent derrière lui et allèrent vers l'arrière. Joe les hissa dans la cage de la hyène. Là, devant un tas de caisses, elles découvrirent Ludwig qui aboyait en remuant la queue, et Jan, à côté de lui, bâillonné avec un mouchoir, les chevilles et les poignets attachés.

Joe défit ses liens et dit avec un large sourire :

— Comment te sens-tu, petit ?

Jan lui répondit par un coup de pied et

lui cracha à la figure, tandis que Ludwig grognait, tapi dans un coin, ne sachant guère comment réagir.

— Je vous ai bien parlé de deux ours et d'une hyène, dit Joe. Les voilà tous réunis en un seul animal.

Ruth supplia Jan d'arrêter de lancer des coups de pied, mais il ne fit pas attention à elle.

— Voilà qui adoucira peut-être ton humeur ? dit Joe en lui jetant une barre de chocolat.

Jan la lui renvoya.

— Il n'y a qu'à refaire le paquet, décida Joe, et il exécuta sa menace, comme Jan refusait d'écouter Ruth qui tentait de le raisonner. Il parvint avec quelque difficulté à l'attacher au marchepied de façon à l'empêcher de se jeter dehors, mais il lui laissa les chevilles libres et renonça à le bâillonner.

Ils repartirent donc. Le camion faisait beaucoup de bruit sur la route cahoteuse, mais Jan criait encore plus fort. Ils franchirent ainsi les quatre-vingts kilomètres qui les séparaient du lac de Constance, et parvinrent aux portes du camp de la Croix-Rouge où Joe voulait les conduire. Les tentes et les baraquements s'étendaient de Uberlingen à Meersburg, à deux pas du lac. Les collines tout autour étaient très boisées et les arbres descendaient jusqu'au rivage. Ils aperçurent par une clairière, de l'autre côté de l'eau, les collines verdoyantes de la Suisse et derrière, illuminée par le soleil, la chaîne majestueuse des Alpes.

Ruth eut le souffle coupé. Les montagnes étaient plus belles qu'elle ne l'avait jamais imaginé. Elles paraissaient si proches qu'elle aurait pu, en se penchant, les toucher de la main.

Le balancement du camion avait endormi Edek, et il ne s'éveilla que lorsque Ruth et Bronia se mirent à pousser des cris de joie et à applaudir.

— S'il vous plaît, pouvez-vous laisser sortir Jan ? dit Ruth. Il changera complètement d'humeur si vous lui montrez les montagnes suisses.

Joe alla le détacher. Jan était parfaitement calme, car il avait crié et s'était débattu jusqu'à l'épuisement. Il accepta un peu de chocolat, et quand Joe passa le bras sur ses épaules et lui montra les montagnes qu'ils étaient venus voir de si loin il fondit en larmes.

26

Enfin des nouvelles

Joe eut des difficultés à persuader les organisateurs du camp d'accepter les enfants. Le camp n'était pas surpeuplé pour le moment — en fait tout un groupe de réfugiés venait d'être renvoyé dans son pays — mais la pagaille y régnait. La décision de rattacher cette partie de l'Allemagne du Sud à la zone française avait été prise seulement à la mi-juin. C'était à présent le mois d'août, et les Américains cédaient peu à peu la place aux Français. Le désordre servit Joe, et permit à Ruth d'obtenir ce qu'elle désirait. Le médecin du camp voulait séparer les enfants, mettre Edek dans le baraquement qui tenait lieu d'hôpital et envoyer les autres dans le bâtiment E à l'extrémité opposée du camp. Ruth refusa de quitter son frère. Finalement on lui accorda une tente située devant l'hôpital, à portée de voix du lit d'Edek, et tous trois s'installèrent dans leur maison de toile.

Il y avait un point sur lequel le directeur

du camp restait intransigeant. Il ne donnerait pas aux enfants l'autorisation de passer en Suisse. Les autorités helvétiques ne recevaient plus de réfugiés à moins qu'ils n'aient dans le pays des parents prêts à se porter garants pour eux. Elles exigeaient en outre une preuve tangible de leur identité avant d'entreprendre la moindre démarche.

Ruth pensa que le poignard pouvait aider à prouver qui ils étaient, et elle écrivit immédiatement au fermier pour lui en parler. Mais elle ne savait même pas si son père était jamais arrivé en Suisse. Elle était incapable de se rappeler l'adresse de ses grands-parents à Bâle. Elle ignorait totalement s'ils étaient encore vivants.

Elle se sentait triste et découragée quand elle dit au revoir à Joe. Ils avaient fait tant de chemin, et maintenant que leur objectif était si proche il paraissait plus inaccessible que jamais. Elle le remercia du fond du cœur pour sa gentillesse.

— Ne dites pas cela, répondit Joe. Tout va mal autour de nous. Je veux aider à mettre un peu d'ordre là-dedans. Je veux montrer aux gens que la vie ressemble à autre chose qu'à une cave bombardée. Qu'il faut oublier les ruines et les décombres. Parfois les choses s'arrangent, parfois elles s'aggravent. Cette fois-ci, dit-il en étreignant la main de Ruth, tout ira bien.

Les journées étouffantes s'écoulaient lentement. Il y avait du tonnerre dans l'air, mais les nuages noirs restaient immobiles. Ils semblaient attendre une occasion grandiose et terrible pour éclater. Sans Edek, qui était trop malade pour se lever plus de quelques heures par jour, les trois autres auraient emprunté une barque et tenté la traversée. Mais la maladie d'Edek les retenait, avec l'espoir que le Service de recherches des personnes disparues ne tarderait pas à répondre à la lettre du directeur du camp. Il avait aussitôt adressé aux responsables les renseignements fournis par Ruth. Mais son enquête sur les grands-parents à Bâle n'avait donné aucun résultat. Et, chose beaucoup plus surprenante, Ruth ne reçut pas la moindre réponse de Herr Wolff à propos du poignard.

Le Service des recherches occupait un énorme baraquement autrefois investi par les troupes de choc nazies à Arolsen, dans la zone américaine. Dans les premiers jours de la « paix », la section chargée des enfants venait à peine d'être créée et était en mesure d'aboutir plus vite dans ses enquêtes. Mais la liste des enfants disparus ne cessait de s'allonger, et chaque jour de nouvelles demandes arrivaient : « Est-ce que mon enfant est mort ?... Notre maison a été bombardée pendant que je servais en Afrique et je crois que ma plus jeune fille a survécu, mais je n'arrive pas à la retrouver... Mes deux fils m'ont été arrachés à Auschwitz en 1942 et ils ont été adoptés par une famille allemande de Nuremberg. Pouvez-vous, etc., etc. » Des lettres de ce genre arrivaient tous les jours.

Vers la fin du mois le directeur fit venir

Ruth dans son bureau. Les nouvelles étaient-elles bonnes ou mauvaises ? Son visage avait sa gravité habituelle et ne trahissait rien.

Il parla lentement :

— Ce poignard dont vous m'avez parlé, Ruth, pouvez-vous me le décrire, je vous prie ?

Elle le fit avec force détails, mentionnant même un minuscule fragment du manche qui était légèrement recourbé. Tandis qu'elle se lançait dans la description du poignard et dans le récit de ses aventures, un sourire éclaira le visage du directeur.

— Ruth, vous êtes la jeune fille la plus heureuse d'Europe ! s'exclama-t-il (et il défit un petit paquet de papier brun sur son bureau).

Deux lettres froissées en tombèrent — avec le poignard. Une lettre venait de Herr Wolff et l'autre de son père. Elles ne lui étaient pas adressées à elles, mais au bureau central du Service de recherches. Herr Wolff racontait de son mieux l'histoire des enfants d'après ce qu'il savait, et il décrivait en détail leur projet de voyage. Il avait trouvé le poignard le jour même de leur départ pour la Suisse, et l'avait aussitôt expédié au Service avec la lettre. Le mot que lui avait envoyé Ruth avait dû s'égarer, car elle ne reçut pas de réponse avant plusieurs semaines. La lettre de son père, Joseph Balicki, était datée de janvier. Il y donnait une description de ses enfants et parlait de leur vie jusqu'au jour où il les avait vus pour la dernière fois. Il faisait aussi allusion à son évasion de Zakyna, à ses vaines tentatives pour retrouver sa famille, à sa rencontre avec Jan, auquel il avait donné le poignard, et à son long voyage jusqu'en Suisse. Le miracle s'était produit.

Ruth était si émue qu'elle put seulement enfouir son visage dans ses mains. Elle entendit à peine ce que lui disait le directeur.

— J'ai reçu ces informations il y a deux jours, mais je n'ai pas voulu vous les transmettre avant de les avoir vérifiées. Vous voyez, la lettre de votre père a été écrite il y a des mois et j'ai dû prendre contact avec lui. Il vit à Appenzell, de l'autre côté du lac. Voici sa réponse.

Il tendit un télégramme à Ruth, mais elle était encore trop étourdie pour saisir tout ce qu'il avait dit, et il dut répéter presque tout. Essuyant ses larmes, elle lut le message : « Viendrai chercher enfants le 23 à Meersburg par bateau après-midi — stop — toutes dispositions concernant permis de séjour prises ici — stop — envoyez réponse par télégramme — stop — téléphonerai à Ruth ce soir si possible. »

— J'aimerais que toutes nos recherches finissent aussi bien que celles-ci, dit le directeur.

Mais Ruth avait déjà quitté la pièce et courait raconter la grande nouvelle aux enfants.

Cinq minutes plus tard l'infirmière de la

Croix-Rouge de service dans le bâtiment E entendit un vacarme effrayant. Se précipitant dans la dernière baraque elle trouva trois enfants en train de danser sur le lit d'Edek avec un vieux chien. Quand elle protesta ils lui jetèrent des oreillers. Elle s'empara donc d'un balai et les chassa en direction du lac. Puis elle revint, furieuse et essoufflée, pour ramasser les oreillers et voir si le malade était mort de peur. Mais son patient s'était glissé hors du lit et avait rejoint les autres sur le rivage, en passant par un chemin détourné. La nouvelle lui avait donné plus d'énergie que tous les médicaments et les soins du monde.

Est-ce la fin de l'histoire ?

Les enfants, riant et dansant de joie au bord du lac, le crurent en effet. Ils ne savaient pas que leur épreuve la plus périlleuse était encore à venir.

27

L'orage

C'était le matin du 23. Joseph Balicki avait essayé de parler avec Ruth au téléphone, comme il l'avait promis, mais la communication avait été si mauvaise qu'elle n'avait pas reconnu sa voix et n'était pas parvenue à distinguer ses paroles. Il semblait vouloir lui annoncer une nouvelle très importante, mais après plusieurs tentatives sans résultat la ligne avait été coupée. Qu'avait-il cherché à lui dire ? Comme elle avait hâte de le revoir !

Le bateau suisse qui devait les emmener de l'autre côté du lac n'arriverait pas avant plusieurs heures. Mais les enfants étaient trop impatients pour attendre. Ils descendirent au bord de l'eau pour l'apercevoir dès qu'il apparaîtrait dans le lointain. Ils avaient l'air engoncés dans leurs habits. Edek portait l'un des complets de Rudolf Wolff, et Ruth une robe d'été de sa mère. Jan avait une chemise bleue et Bronia une robe de coton trop petite pour elle — des vêtements donnés par le camp. Leurs visages, colorés par le soleil et noircis par des semaines de marche dans la poussière, étaient d'une rare propreté. Ils avaient tous les quatre fait preuve d'un effort louable en démêlant leurs cheveux qui avaient oublié l'existence de peignes et de brosses. Quant à Jan, il avait finalement préféré prendre une paire de ciseaux pour mettre de l'ordre dans sa chevelure.

Ils étaient si excités qu'ils ne remarquèrent pas que l'atmosphère était très lourde et les nuages de plus en plus sombres. Ludwig ne cessait de gémir d'un air malheureux mais aucun d'entre eux — pas même Jan — ne sembla y prendre garde.

— Allons de l'autre côté de cette pointe de terre, proposa Jan. De là nous verrons beaucoup mieux le lac.

— Il va falloir traverser ce torrent, dit Ruth.

— Ce n'est qu'un ruisseau, répliqua Jan.

Et c'était vrai, car pendant cet été aride le torrent qui descendait les pentes boisées pour se jeter dans le lac était beaucoup moins abondant qu'à l'ordinaire. Ils pourraient le franchir sans peine en sautant d'un rocher à l'autre. Même Bronia n'aurait pas besoin de se mouiller les pieds.

— Je pense que je vais rester de ce côté, dit Edek, qui était à bout de souffle.

— Bonne idée, répondit Ruth. Assieds-toi sur ce rocher jusqu'à notre retour. Nous ne serons pas longs, je te le promets.

Cependant, lorsqu'ils eurent traversé le torrent tous les trois, elle se sentit brusquement inquiète à l'idée de laisser Edek. Il ne semblait pas y avoir de danger, mais était-il sage de le quitter ? Après un instant d'hésitation elle le rappela :

— Edek ! Il y a un bateau échoué sur le rivage derrière toi, et le pont avant est à moitié couvert.

— Et alors ? dit Edek.

— Tu peux t'y abriter s'il pleut, expliqua Ruth.

C'était la première fois qu'ils parlaient de pluie. Tous trois couraient au bord de l'eau en direction de la pointe de terre que Jan avait indiquée lorsque les premières gouttes commencèrent à tomber. Ruth jeta un regard derrière elle. Elle fit signe à Edek d'aller sur le bateau et elle vit qu'il lui obéissait avec un rire et une grimace.

— C'est ça, la pointe de terre, demanda Bronia en haletant, car ses petites jambes ne couraient pas aussi vite que celles de sa grande sœur. Nous allons vraiment voir arriver le bateau de papa ?

— Oui, répondit Ruth.

Mais si elle avait levé les yeux elle aurait vu qu'en face la brume avait envahi le lac. A présent ils distinguaient à peine la pointe vers laquelle ils se dirigeaient.

Il y eut brusquement un énorme coup de tonnerre. Son écho retentit jusque dans les montagnes suisses. La foudre jaillit dans le ciel tout noir, des éclairs illuminèrent les collines. C'étaient les signes avant-coureurs de ce qu'on appellerait plus tard la tempête folle de 1945. Ceux qui s'y trouvèrent pris devaient s'en souvenir avec horreur toute leur vie. Ce fut une explosion après ces semaines étouffantes sans une seule goutte de pluie.

Soudain, en une gigantesque averse, le ciel se libéra de son fardeau. La pluie fouetta le lac, s'abattit sur leur tête nue et les trempa jusqu'aux os. Ils étaient aveuglés par d'immenses rideaux de pluie qui les empêchaient de voir où ils étaient. Ils avaient de l'eau jusqu'aux chevilles. Marchaient-ils dans le lac, ou bien était-ce une inondation ?

Ruth chercha la main de Bronia et l'agrippa. Elle voulut aussi retenir Jan, mais il essayait d'attraper le collier de Ludwig et de le calmer. Elle saisit un pan de sa chemise mais il se dégagea brutalement.

— Il faut que nous allions retrouver Edek, dit-elle.

C'était plus facile à dire qu'à faire. Elle avait la tête engourdie par cette pluie battante, et elle devait garder les yeux à demi-fermés. Elle se heurta à un arbre tombé puis, cherchant son chemin de sa main libre, elle avança à tâtons le long du rivage. Elle ne se rendit compte qu'au bout d'un moment qu'elle allait dans le mauvais sens. Elle revint lentement sur ses pas, la tête courbée, pataugeant dans la boue, glissant sur les galets.

Espérant que la pluie se calmerait, ils s'abritèrent sous une petite falaise — mais la partie en surplomb s'effondra et faillit les écraser. Ruth se mit à courir, tirant par la main une Bronia hurlante et criant à Jan de les suivre de près.

Ils arrivèrent à un endroit qu'ils ne reconnurent pas. Une rivière leur barrait le chemin.

— Nous n'arriverons jamais à la traverser ! Oh ! Edek, Edek ! s'écria Ruth.

Elles restèrent là toutes les deux, impuissantes, regardant tous les objets que charriait le flot : de vieux bidons de pétrole, des pneus, des planches, un siège en bois, une partie d'embarcadère, des arbres entiers. Un canoë retourné passa, puis un mouton mort. Un chat sur une branche, le dos arrondi de terreur.

Brusquement, elle s'aperçut que la pluie se calmait et qu'il faisait plus clair. Elle sentit l'angoisse monter dans sa poitrine. Cette rivière déchaînée était le petit ruisseau qu'ils avaient traversé si facilement une heure plus tôt. Edek devait se trouver de l'autre côté.

Mais il n'y était pas. Pas plus que le bateau où elle lui avait dit de s'abriter en cas de pluie. Les arbres se dressaient au milieu de l'eau, la rive avait pratiquement disparu, et elles étaient environnées par les flots qui ne cessaient de monter.

Elle réussit avec un effort à tirer Bronia, et elles avancèrent sur une partie de terre boueuse que l'eau n'avait pas encore atteinte.

— Où est parti Jan ? demanda Bronia, haletante.

— Ça m'est entièrement égal, répondit

Ruth avec amertume. Je lui ai dit de rester avec nous, mais il est parti à la recherche de Ludwig. Oh ! Edek, Edek ! Repoussant les cheveux mouillés qui lui tombaient sur les yeux, elle scruta le lac. S'il était resté dans le bateau, il avait dû être emporté avec. Au milieu de toutes les épaves qui flottaient dans les vagues boueuses, elle ne trouvait pas la moindre trace du bateau.

— Jan est sur la falaise derrière nous, dit Bronia.

Ruth se retourna. Ce n'était guère plus qu'un promontoire au-dessus de l'eau.

— Est-ce que tu le vois de là-haut, Jan ? cria-t-elle.

— Il m'a échappé et il s'est enfui, cria Jan, en regardant vers l'intérieur des terres.

— Je veux dire Edek ; est-ce que tu vois son bateau ?

Mais Jan ne répondit pas. Il pensait à Ludwig.

Ruth courut vers lui. Elle avait envie de le secouer de toutes ses forces pour le punir de son égoïsme. Mais Bronia l'appelait.

— Je crois que je vois le bateau d'Edek au milieu du lac... Il est à des kilomètres !

Ruth repoussa ses cheveux de ses yeux. Le bateau n'était qu'une tache sombre au milieu des vagues, mais son instinct lui dit que c'était celui d'Edek et qu'il se trouvait dessus. Elle ressentit une peur plus forte que jamais auparavant. Le bateau disparut, et elle s'effondra, le visage dans les mains.

La pluie continuait de se déverser et la

rivière toujours plus large charriait un nombre grandissant d'arbres, d'animaux morts et vifs, d'épaves qui arrivaient dans le lac. Elle apporta aussi une barque. Bronia fut la première à la voir.

Ruth se précipita immédiatement dans l'eau. Elle passait tout près de la rive et avançait lentement, tant bien que mal, car elle semblait à moitié pleine d'eau. Mais quand Ruth en attrapa un bord, elle faillit être emportée. Par chance, Jan vint à son secours.

— Va donc chercher ton chien, dit Ruth furieuse. Tu te moques de ce qui peut arriver à Edek. Va-t'en ! Je te déteste !

Mais Jan se cramponna. Ils sortirent ensemble la barque de l'eau et la traînèrent sur la boue. Ils réussirent à la vider d'une partie de son eau et trouvèrent une rame coincée sous les sièges. Dans le coffre à l'arrière il y avait de la corde et une écope. Il n'y avait pas de tolets. Ils la remirent en état le mieux qu'ils purent. Ruth savait ce qu'elle voulait faire, mais elle n'en parla pas. Elle se mit à injurier Jan.

— Tu ne nous as jamais aimés. Tu ne penses qu'à tes animaux chéris. Regarde ! Il y a Ludwig là-haut sur la route. Pars à sa poursuite et ne reviens pas. Bronia et moi nous sauverons Edek sans toi.

Les deux filles sautèrent dans la barque. Il était inutile de la pousser : l'eau l'entraînait déjà.

Jan avait encore les yeux fixés sur Ludwig, tout là-haut. Le chien courait en rond, fou de terreur, à moitié aveuglé par la pluie, puis s'élança vers l'intérieur des terres. Ce fut un moment très dur pour Jan. Il souhaitait plus que tout au monde se précipiter à la suite du chien. Mais les paroles de Ruth l'avaient blessé. Elles l'avaient touché profondément, et il hésita. Avec un énorme effort de volonté il chassa Ludwig de son esprit et se tourna vers ses amies. Il lut sur le visage de Ruth un courage, une abnégaton et une générosité qu'il n'avait jamais su voir. Et il oublia son hésitation. Il avait perdu Ludwig, certes, mais il avait toujours Ruth. Et il tenait sa boîte à trésors bien fort sous son bras.

Il la jeta dans le bateau, sauta dedans et saisit la rame. Il prit appui sur le fond et lança la barque dans le courant.

En cet instant de décision, Jan avait commencé à grandir.

Et la barque fut emportée dans le tourbillon des eaux et projetée très loin sur le lac, vers le cœur de la tempête.

28

La rencontre

Il faisait nuit quand Ruth ouvrit les yeux. Elle sentit qu'on la soulevait.

Une voix d'homme dit :

— C'est une fille... Mince comme un fil et trempée jusqu'aux os. Ça va mieux ? Nous avons failli vous heurter dans la nuit.

Il parlait une langue étrangère que Ruth ne comprenait pas. Elle essaya d'ouvrir la bouche, mais aucun mot ne sortit.

— Elle est préoccupée par quelque chose, dit l'homme.

— Il vaut mieux l'emmener en bas et lui donner des vêtements secs, dit quelqu'un d'autre.

Elle perdit conscience de nouveau.

Quand elle se réveilla, elle était étendue sur une couchette. Il y avait une lampe au-dessus d'elle, elle était enveloppée dans des couvertures sèches, et elle sentit la chaleur gagner ses membres.

— Où suis-je ? demanda-t-elle.

Des visages inconnus se penchèrent au-

dessus d'elle. Une tasse fut portée à ses lèvres.
— Il faut la nourrir lentement, dit un homme. Ne lui en donnez pas trop, sinon elle sera malade.
La tasse revint, avec des biscuits. Elle s'assit.
— Edek ! Bronia ! Jan ! cria-t-elle.
— Des noms polonais, dit une voix de femme. J'ai dit qu'elle était polonaise. Quelqu'un parle polonais ici ?
— Parlez-lui des autres, dit un homme.
— Je ne connais pas sa langue.
On cria à la cantonade :
— Quelqu'un parle polonais ?
Et Ruth, effrayée par tous ces visages inconnus, cria de nouveau.
— Edek ! Bronia ! Jan !
Et brusquement l'écho revint du milieu de la foule et une voix profonde répéta « Edek ! Bronia ! Jan ! » Et, quoique tout étourdie et désorientée, elle sut que c'était la voix de son père. Il la prit dans ses bras et la couvrit de baisers. Elle essaya de parler, d'écouter ce qu'il disait. Mais elle avait des élancements dans la tête et elle était trop fatiguée pour garder les yeux ouverts.
Quand elle se réveilla de nouveau, elle trouva le visage de son père près du sien.
— Tu as dormi très longtemps, dit-il. Essaye de rester éveillée et je vais te montrer ce que tu veux voir.
Elle se sentit soulevée de sa couchette, serrée dans ses couvertures.
— Regarde, dit Joseph.

Elle vit la tête de Bronia qui dormait, bien emmitouflée. Les joues de la petite fille étaient colorées et elle ronflait.

— Tout va bien pour elle, dit Joseph, et il porta Ruth près de la couchette suivante.

Elle vit le visage d'Edek. Il était très pâle, et il paraissait entièrement immobile.

— Il respire ? demanda-t-elle.

— Oui, il respire, répondit son père. Mais tout juste. Il ne s'attarda pas et la conduisit auprès de Jan.

Celui-ci était assis sur ses couvertures et balançait les jambes au bord de son lit. Il y avait une lueur de malice dans ses yeux.

— Ils sont plutôt faiblards, les Balicki, dit-il. Sans moi ils seraient maintenant au fond du lac. Ruth, tu es tombée sur la tête ! Partir faire une balade en barque par un temps pareil, et t'imaginer que tu peux t'en sortir sans moi ! Tu manies une rame comme une cuillère à soupe, et dès qu'un peu d'eau entre dans le bateau tu t'évanouis ! J'ai dû trouver le bateau d'Edek et ramer jusqu'à lui. Je lui ai crié de m'aider, mais il s'était évanoui lui aussi. Il avait de l'eau jusqu'au cou. J'ai réussi à le mettre dans notre barque — deux secondes avant que la sienne ne se retourne et ne coule...

Joseph lui tapota affectueusement la joue.

— Mange ton pain et ton fromage et arrête de te vanter, dit-il. Si tu dis un mot de plus, tu vas éclater !

Ruth serra Jan dans ses bras.

— On va te nommer amiral tout de suite,

dit-elle. Dieu merci ils sont tous les trois sains et saufs.

Et elle se jeta au cou de son père.

— Tu t'es trompée dans ton compte. Je n'ai pas encore fini. Ho, ne m'étrangle pas ! s'écria-t-il.

Il l'emporta hors de la cabine.

— Il ne *sont* que trois, s'étonna Ruth. Qu'est-ce que tu veux dire ?

— Voici la dernière surprise, et la meilleure, répondit Joseph en ouvrant une autre porte. J'ai essayé de te le dire au téléphone, mais je n'ai pas réussi à me faire entendre.

La cabine était petite, et une seule personne s'y trouvait. Elle attendait que la porte s'ouvre. Ses yeux étaient grands ouverts, ses bras tendus.

— Maman ! cria Ruth (et gagnée par un bonheur indescriptible elle s'échappa des bras de son père pour se jeter dans ceux de sa mère, qui l'étreignit). Elle avait l'impression de ne pas l'avoir vue depuis un siècle — depuis le jour sinistre où les nazis l'avaient traînée en bas des marches de leur maison à Varsovie. Elle avait été envoyée dans un camp de concentration et, après des mois de recherches, Joseph l'avait retrouvée par la Croix-Rouge. Mais c'est une autre histoire. Quatre années de souffrances avaient rendu ses cheveux tout blancs, et des rides profondes creusaient son visage. Mais Ruth était si heureuse qu'elle n'y lut que de la joie. Et elle repensa à l'histoire de Daniel qu'elle avait si souvent racontée à ses élèves. Comme Daniel, elle avait enfin trouvé la délivrance.

— Ta maman est restée assise près de toi tout le temps pendant que tu dormais, dit Joseph. Elle est partie quand tu t'es réveillée. Nous ne voulions pas que tu aies trop de chocs à la fois.

On frappa à la porte. Sans attendre de réponse, Jan entra, la bouche pleine de pain et de fromage.

— Ruth, je voulais te dire que je n'ai plus de boîte à trésors, dit-il. J'étais si occupé à sauver Edek que je l'ai entièrement oubliée. Je suppose qu'elle est au fond du lac à présent.

— Mais le poignard d'argent ! s'écria Ruth. Tu l'as aussi perdu ?

— Tout ce qui était dans la boîte est perdu, dit Jan d'une voix lugubre. Les poissons se sont emparés de mes trésors. Comme ce n'est plus un secret, je vais te dire ce qu'il y avait dedans. Deux griffes de chat, un anneau de rideau en or, les boutons d'un uniforme allemand. Une moitié de plume et un gland. Un morceau de savon à raser russe avec des poils du menton d'Ivan collés dessus. L'ouvre-boîte de Frau Wolff. Une petite cuillère en argent volée dans cette maison de Berlin où vivait le soldat anglais — tu ne savais pas que je l'avais gardée, hein, Ruth ? La plus belle plume de la queue de Jimpy — c'était très précieux. Et trois puces mortes trouvées sur la poitrine poilue de Bistro, le chimpanzé. Il me les a données lui-même, et elles vont affreusement me manquer.

Pour quelqu'un qui avait subi une perte aussi dramatique, il ne paraissait pas aussi éprouvé qu'on aurait pu le penser. Il y avait plus de fierté dans son regard que dans ses paroles.

— Mais le poignard ? dit Ruth, qui avait attendu à grand-peine la fin de l'énumération. Je te l'ai rendu, je le sais. Je t'ai vu le mettre dans la boîte et...

— Ah ! le poignard, dit Jan, faisant la grimace. Il regarda Joseph. Si je l'avais perdu, jamais nous ne vous aurions retrouvés.

Il découvrit sa poitrine. Et là, suspendu à une ficelle, apparut le poignard.

Il le détacha et le tendit à la mère de Ruth.

— C'était le plus précieux de tous mes trésors, dit-il. Joseph me l'a donné, et maintenant il est à vous. Si vous voulez bien être ma mère vous pouvez le garder pour toujours.

29

Une nouvelle vie commence

Sur le flanc dénudé d'une colline dans le canton suisse d'Appenzell un village se construisait. C'était un village international d'enfants, le premier de son espèce dans le monde entier. Avant la guerre il n'y avait eu là qu'une vieille ferme, au milieu des champs où broutaient les troupeaux de moutons et de vaches avec des clochettes. La première maison, avec ses larges pignons et ses profonds auvents, était déjà debout. D'autres s'élevaient avec une extrême rapidité. Les écoliers suisses avaient réuni trente mille francs pour aider à payer les travaux. Une grande organisation de jeunesse suisse avait fourni encore plus d'argent. La plupart des ouvriers travaillaient pour rien. Les jeunes garçons et les hommes venaient de toute l'Europe. En 1946 des Danois, des Suédois, des Autrichiens, des Anglais, des Suisses, des Allemands et des Italiens campaient ensemble et travaillaient joyeusement côte à côte. Quelques mois auparavant, certains d'entre eux, faisant la guerre dans des armées opposées, s'étaient trouvés face à face. Maintenant ils s'étaient rassemblés pour construire un village où des enfants abandonnés, des orphelins, pourraient oublier les souffrances de la guerre, où leur corps et leur esprit trouveraient l'apaisement, où ils apprendraient à vivre dans la paix. Ici, enfin, ils auraient un vrai foyer, ils ne craindraient plus d'être ballottés entre des inconnus. Ils recevraient une éducation « manuelle et spirituelle ». En grandissant, ils pourraient faire face à l'avenir avec courage et enthousiasme.

Cet idéal plaisait énormément à Joseph Balicki, qui avait été l'un des premiers et des plus empressés à participer à l'entreprise. A Varsovie, il avait été le directeur de sa propre école. Lui et sa femme furent choisis comme parrain et marraine de la maison polonaise. Chaque pays devait avoir sa maison, où seize orphelins seraient élevés avec la famille de leurs parents d'adoption. Ils suivraient des cours dans leur langue maternelle et se joindraient aux enfants des autres maisons pour les jeux et les activités sociales.

La famille de Joseph l'aida à construire la maison, et elle fut l'une des premières achevées. Elle avait le chauffage central, des bains-douches, des appareils électriques dans la cuisine, des salles de séjour très claires et des chambres gaies. Jamais les enfants n'avaient connu pareil confort. A la fin de l'été 1946 ils s'y installèrent avec seize orphelins de Pologne.

La guerre avait engendré d'innombrables tragédies, dont peu se dénouèrent aussi heureusement que celle de la famille Balicki. Il serait pourtant faux de prétendre que la vie des Balicki se déroula aussitôt dans la sérénité, et sans aucune difficulté. Ils avaient été trop longtemps séparés, ils avaient trop souffert. Il leur fallait du temps pour s'adapter à une vie aussi différente de tout ce qu'ils avaient connu.

Dans l'ensemble Bronia fut la plus rapide à s'adapter. Elle était âgée de quatre ans seulement lorsque sa mère avait été emmenée par les nazis. Trop jeune pour se rappeler des jours plus heureux, elle avait très vite considéré Ruth comme sa nouvelle mère. Et dans les terribles épreuves de la guerre Ruth avait veillé sur elle avec un dévouement merveilleux. Rendue à ses parents, elle devint une enfant douée, heureuse de vivre. Son talent pour le dessin mûrit. Au début, elle ne dessinait que les scènes de guerre et d'évasion qu'elle avait vécues. Ses tableaux étaient envahis par des soldats, des immeubles démolis, des wagons de train découverts, et des queues devant les soupes populaires. Peu à peu, elle changea de sujets. Bientôt ses dessins se mirent à refléter son existence nouvelle, beaucoup plus protégée, dans les montagnes suisses.

Edek n'eut pas autant de chance. Beaucoup des enfants admis dans le village avaient des symptômes de tuberculose. Mais les difficultés et une nourriture insuffisante l'avaient rendu beaucoup plus fragile que la plupart. On dut l'envoyer dans un sanatorium, et pendant un mois ou deux les médecins craignirent pour sa vie. Mais sa volonté de survivre était profonde et son état s'améliora. Au bout de dix-huit mois il retourna dans sa famille. Six mois de vie en plein air dans les montagnes le consolidèrent suffisamment pour lui permettre d'aller faire des études d'ingénieur à Zurich. Il avait toujours voulu devenir ingénieur.

Et qu'advint-il de Jan, ce charmant garnement plein de bonnes intentions et coupable d'horribles actions ? Son dossier complet, ou ce qu'on réussit à en reconstituer, fut envoyé au Service de recherches, mais cela ne donna aucun résultat et jamais ses parents ne furent retrouvés. Il devint donc un Balicki. Pendant la guerre son esprit avait plus souffert que son corps, et il faut plus de temps pour cicatriser ces blessures-là. Il s'habitua difficilement à cette existence paisible et protégée. Il était émotif et incapable de se concentrer longtemps. Il aimait jouer au bourreau, au tortionnaire, au contrebandier et imaginer qu'il traversait les frontières clandestinement. Il était tout le temps en train de se battre. Bien qu'il eût toute la nourriture et tous les vêtements dont il avait besoin, c'était le plus grand voleur du village. Il s'introduisait dans les autres maisons et faisait des descentes dans les garde-manger

— il avait jeté son dévolu sur la maison allemande, car il détestait toujours les Allemands et ne leur pardonnerait jamais ce qu'ils avaient fait à la Pologne. Margrit Balicki le traitait aussi affectueusement que ses autres enfants, mais il se montrait souvent grossier avec elle. Ruth était la seule à pouvoir le raisonner, et il lui resta plus dévoué que jamais. Elle savait qu'on pouvait gagner son cœur par les animaux. Elle persuada son père de lui permettre de garder des lapins et des chèvres. Elle l'emmena dans les fermes voisines, et les paysans s'aperçurent bientôt qu'il pouvait guérir n'importe quel animal malade. Si une vache était souffrante ou si un cheval boitait, il était beaucoup plus rapide d'envoyer chercher Jan que le vétérinaire. Et c'était aussi bien moins cher.

Donc, avec le temps, même Jan se mit à grandir, et à se débarrasser de ses mauvaises manières. Il cessa de vider les garde-manger, et les enfants allemands ne reçurent plus une volée de pommes pourries sur la tête chaque fois qu'ils passaient devant la maison polonaise.

Enfin, nous arrivons à Ruth. Elle s'était montrée tout le temps si courageuse, si sage et généreuse qu'on aurait pu croire qu'elle ne poserait aucun problème. Mais elle avait grandi trop vite et assumé des responsabilités trop lourdes pour son âge. Comme elle voulait être professeur, son père prit aussitôt des dispositions pour l'envoyer faire des études à l'université.

Elle refusa d'y aller. Ses parents et son nouveau foyer avaient pour elle une telle signification qu'elle ne parvenait pas à les quitter. Elle se comportait comme une petite fille, se cramponnant à sa mère et la suivant partout. Elle semblait essayer de rattraper les années perdues de son enfance.

Mais cette phase ne dura pas. Peu à peu la magie de son nouvel environnement agit sur elle. En 1947 elle partit faire des études à l'université de Zurich. Quatre ans plus tard, ayant obtenu un diplôme d'enseignement, elle épousa un jeune Français qui était venu travailler dans le village des enfants. Quand une seconde maison française fut construite, elle et son mari devinrent les parents adoptifs du foyer. La dernière fois que j'ai eu de ses nouvelles elle avait la charge de seize orphelins français, et de ses deux petites filles. Elle y est toujours, autant que je sache, elle élève ces enfants dans l'esprit du village, leur donnant toute l'affection et la confiance dont la jeunesse a besoin.

Et en face, dans la maison polonaise, au fond d'un tiroir garni de velours, Margrit Balicki conserve son bien le plus précieux : le poignard d'argent.

Table des matières

1. L'évasion 11
2. Voyage dans les airs 19
3. La cachette 23
4. Le poignard d'argent 30
5. Le train de marchandises 37
6. La nuit des S.S. 43
7. Une maison pour l'hiver, une maison pour l'été 49
8. Le nouveau venu 57
9. La sentinelle russe 64
10. Ivan continue d'aider les enfants. 72
11. La route de Posen 77
12. La main 82
13. Voyage dans les glaces 87
14. La ville des réfugiés 96
15. Jan trouve un nouvel ami 103
16. Traversée de la zone russe 112
17. Le signal 118
18. Le capitaine Greenwood 123
19. Le fermier bavarois 133
20. Le bourgmestre 141
21. Les ordres 151
22. Le fermier a une idée 157

23. Les eaux dangereuses 165
24. Disparition 173
25. Joe Wolski 181
26. Enfin des nouvelles 187
27. L'orage 193
28. La rencontre 201
29. Une nouvelle vie commence 207

*Achevé d'imprimer le 10 mars 1982
sur presse CAMERON
dans les ateliers de la S.E.P.C.
à Saint-Amand-Montrond (Cher)
pour le compte des éditions Stock
14, rue de l'Ancienne-Comédie, 75006 Paris*

Imprimé en France
Dépôt légal : 1ᵉʳ trimestre 1982.
N° d'Édition : 4439. N° d'Impression : 409.
54-05-3189-01

ISBN 2-234-01548-0

H/54-3189-5